일상을 통해

행복을 ㅣ다

강재영
김보민
김정미
박은진
오영미
이란숙
유소연
윤정희
전미아

동아기획

머리말

인문학 동행

    인문학 동행은 치열한 삶의 고민을 기록으로 남긴 천재들과 함께 자신의 삶을 검토하는 평범한 아줌마들의 인문학 수다 모임이다.

    직장생활, 가사노동, 자녀양육으로 바쁜 이들이지만 한 달에 두 번 인문학과 동행하며 수다 떨기를 3년째 계속하고 있다.

    자식이나 남편 또는 시댁 이야기, 직장이나 동료 이야기, 쇼핑이나 음식 이야기 등 아줌마들의 수다 소재는 무궁무진하여 굳이 책을 읽지 않아도 이야기 거리가 궁한 법은 없다. 그러나 아줌마도 가끔씩은 생존 현장에서 벗어나 객관적인 시각으로 삶을 바라보고 싶은 인간이다. 내가 허우적거리고 있는 곳이 어디쯤인지, 어느 방향을 향하고 있는지, 이대로 가도 좋은지 높은 곳에서 조망하여 스스로 선택하는 삶을 동경한다.

　최고급 식재료가 일류요리에 필요하다면, 인문학은 최고급 수다 재료이다. 형편없는 요리사가 식재료만 망치고 요리를 내놓지 못하는 것처럼 우리도 그동안 서툰 솜씨로 인문학을 난도질하여 그 소중한 조각들을 허공에 뿌려왔다.

　올해는 부끄러움을 무릅쓰고 서툰 요리를 필요한 사람과 나눌 용기를 내었다. 왜냐하면 인문학은 요리 솜씨에 관계없이 그 자체만으로 충분히 훌륭하기 때문이다.

　이 책에서 한 조각이라도 맛보고 인문학을 저마다의 맛으로 요리하는 사람이 늘어난다면 좋겠다.

2017년 10월 저자 일동

CONTENTS

고전은 신탁이다

왜 우리는
항상 자신의 수준을 가장 둔한 통찰력에 내려맞추고는
그것을 상식이라고 말하며 위안을 삼는 걸까?

– 헨리 데이빗 소로우, **월든**

이 바쁜 날에, 소중한 시간을 바쳐 인문 고전을 읽어야 할 가치가 있을까? 1800년대, 지금으로부터 160여 년 전에 살았던 헨리 데이빗 소로우는 37세에 저술한 그의 저서, 「월든」에서 이렇게 말한다.

우리가 이왕 글자를 배운 이상 최고의 작품들을 읽어야 할 것이다.

우리가 글자를 배운 이유 중, 글자를 가장 가치 있게 써먹는 일이 곧 고전을 읽는 일이라는 것이다. 상당한 교육을 받은 사람이 잡담 수준의 일상적인 대화만으로 일생을 보내고, 초등 수준의 어휘 활용에 머물러 있음을 그는 안타까워한다. 독서를 잘한다고 하는 사람들까지도 고전을 읽지 않고 이른바 가벼운 읽을거리만을 읽는다고 소로우는 이렇게 지적을 한다.

그런데 사람들이 이런 책(가벼운 읽을거리)을 아무리 많이 읽어도 내가 보기엔

발음이나 악센트나 강조에 조금도 발전이 없고, 이야기로부터 어떤 교훈을 끄집어내던가 아니면 집어넣든가 하는 기술도 전혀 늘지 않는다. 이런 독서 취향은 결과적으로 시력의 감퇴, 혈액순환의 장애 그리고 지적 능력의 전반적인 위축 내지는 퇴보만을 가져온다. 그런데도 이런 종류의 '생강빵'은 진짜 밀이나 옥수수로 만든 빵을 제치고 어느 집의 부엌에서나 매일 열심히 구워지고 있으며 시장성도 더 확실한 것이다.

서점이나 도서관에 가면 수많은 책이 있다. 읽는 즉시 바로 흡수가 되는 가벼운 읽을거리는 소로우의 '생강빵'처럼 사람을 끄는 인기가 있다. 그래서 시장성이 있는 책들은 대체로 가볍다. 우리 집 책장에도 많은 책이 있지만, 고전 독서 동아리 활동 전에 구입한 책은 거의 가벼운 것들이다. 소로우가 살았던 160년 전이나 지금이나 고전의 인기는 여전히 낮기만 하다. 그런데 이렇게 형편없는 인기에도 불구하고 오래 살아남은 비결은 무엇일까?

고전이란 인류의 가장 고귀한 생각을 기록한 것이다. 고전은 사라지지 않고 남아있는 유일한 신탁이며, 그 안에는 가장 현대적인 질문에 대하여 델포이에 있는 아폴론 신의 신탁이나 도도나에 있는 제우스 신의 신탁도 밝히지 못한 해답들이 들어있다. 고전연구를 그만두는 것은 자연이 오래되었다고 해서 자연연구를 그만두는 것이나 다름없다.

소로우는 고전을 신탁이라고 말한다. 신탁이란 '신에게 답변을 부탁한다.'는 의미이다. 쉽게 말하면 '점을 치는 행위'이다. 동서양을 막론하고 신의 뜻을 물어 일을 해결하는 풍습은 오랫동안 있었고,

지금도 일부 남아 있다. 정초가 되면 신수를 물으러 절이나 점집으로 가는 사람들을 흔히 볼 수 있다. 크로이소스 왕이 델포이의 신전에 신탁을 구한 내용이 헤로도토스의 『역사』에 들어있다.

"내가 페르시아를 공격한다면 어떻게 되겠는가?"
"만일 그렇게 한다면 위대한 제국을 멸망케 할 것이다."

신탁은 맞았을까? 신탁의 내용대로 위대한 제국은 멸망한다. 그런데 페르시아가 아니라 신탁을 구한 크로이소스 자신의 제국이 멸망한다. 신탁은 누구나 알 수 있는 객관식, 단답형 정답이 아니라, 해석이 필요한 논술형 해답이었다. 그래서 신탁을 받아오면 반드시 토론을 통해서 결정해야만 했다. 토론을 통하여 해답을 찾는 과정에서 자신을 알고 상대방을 파악하는 과정과 모두의 생각을 모으는 지혜를 발휘할 수 있었다. 신탁을 혼자 독단적으로 판단하는 경우, 대부분 자신에게 유리한 쪽으로 그릇된 판단을 하여 망했다.

이런 점에서 고전은 신탁과 같다. 고전을 읽으면 바로 소화가 되지도 않고, 정답이 명료하게 드러나는 것도 아니다. 여러 번 읽고, 생각하고 토론하는 과정을 거쳐야 해답을 찾을 수 있다. 그래서 대부분 사람들에게 고전은 인기가 없지만, 한 번 고전을 맛본 사람은 백 번이고 천 번이고 반복하며 평생 읽고, 이런 독서습관을 대를 이어 물려주려고 한다. 그래서 유행을 타지 않는 명품으로 오래 살아남는다.

대를 이어 명품을 물려주려면 어떻게 해야 할까? 소로우는 이렇게 말한다.

참다운 책을 참다운 정신으로 읽는 것은 고귀한 '운동'이며, 오늘날의 풍조가 존중하는 어떤 운동보다도 독자에게 '힘이 드는 운동'이다. 그것은 운동선수들이 받는 것과 같은 훈련과, 거의 평생에 걸친 꾸준한 자세로 독서를 하려는 마음가짐을 요한다.

사람들은 고전을 읽는 일이 쉽지 않다고들 한다. 저녁 식사 후 근처 초등학교 운동장에 가면 많은 사람이 운동을 하고 있다. 유심히 보면 그들은 대부분 운동기능이 뛰어난 사람들이 아니다. 매일 나오는 사람들은 거의 나이 들고 체력이 약한 어른들이다. 고전 독서도 운동과 마찬가지다. 자신의 지혜가 부족하다고 느끼는 사람들이 꾸준히 해야 할 일이다. 모든 사람에게는 자신의 내부에 정신적이고 지적인 거인이 잠들어 있다. 고전을 읽는 것은 잠든 거인을 깨우는 일이다. 내 안의 거인이 깨어나면 어떤 변화가 일어날지 궁금하지 않은가?

왜 우리는 항상 자신의 수준을 가장 둔한 통찰력에 내려 맞추고는 그것을 상식이라고 말하며 위안을 삼는 걸까?

소로우는 상식의 세계에서 벗어나지 못하는 삶을 안타까워한다. 상식의 세계에서 편안하게 사는 삶에 진정 만족하는가? 상식을 뛰어넘어 천재성을 발휘한 거인들의 세계가 궁금하지 않은가? 조금이라도 관심이 있다면 주변의 고전독서 모임에 발을 들여놓기를 권한다.

아침,
그 신선한 선물

태양과 보조를 맞추어 탄력 있고 힘찬 생각을
유지하는 사람에게 하루는 언제까지나 아침이다.

— 헨리 데이빗 소로우, **월든**

데이빗 소로우가 펼치는 월든 호수의 향연에 초대를 받은 것은 인문학동아리에서 받은 멋진 선물이다.

　작가가 호수와 숲을 배경으로 드러내는 생명력 넘치는 묘사들과 원시 자연을 온몸으로 누리는 넉넉하고 자유로운 한 영혼을 엿보면서, '작가와 내가 같은 숲을 보았더라도 소로우만큼 깊고 짙은 아름다움을 찾아낼 수 있을까?'라는 생각에, 문득 나를 되돌아본다.

　새가 그리는 그림을 본 적이 있는지, 바람의 소리를 따라간 적이 있는지, 비의 노래를 들은 적이 있는지, 무엇이 숨을 쉬게 하고 무엇이 걷게 하는지…….

　내가 이 내밀한 속삭임을 알아차릴 수 없었던 것은, 눈 앞에 펼쳐진 현상들에 대한 근본 존재 이유를 이해하고 있는 그 작가의 사색의 깊이를 따라가지 못함이기도 하지만, 그저 하염없이 주어지는 자연의 이 무한한 혜택이 당연하다는 어이없는 무지와 항상 바쁘다면서 소중한 사람들과 주변 환경에 관한 관심 부족 때문이라는 생각도 한다.

이 책을 통하여 내 앞에 드러난 월든 호수는 가끔 나를 초대하여, 살아있는 호수를 기쁨으로 채우는 생물들의 움직임과 넓게 펼쳐진 물이 새로운 기운을 받아들이는 반짝거림, 어린 숲이 기운차게 일어나는 태동들, 야생물오리, 온갖 새들, 얼음이 웅웅거리며 깨지는 소리를 들려주며, 천 년 전에도 천 년 후에도 여전히 살아 있을 생명의 노래를 들려준다. 깊이 열린 의식으로 일상을 늘 새로운 설렘으로 만들어가는 천재 작가 덕분에 '나는 어떤 생각으로 세상을 받아들여 펼치고 있는가?' 스스로 묻게 된 것도 대단한 행운이다.

아침을 맞이하며 우리 내부의 열망에 의해 깨어날 때는 전날보다 더 고귀한 삶이 시작될 수 있으며 어둠은 그 열매를 맺고 빛에 못지않게 소중한 것임을 입증하게 된다.

태양과 보조를 맞추어 탄력 있고 힘찬 생각을 유지하는 사람에게 하루는 언제까지나 아침이다.

빛으로 세상을 여는 아침은 늘 신선하고 새롭다. 아침에 누가 깨우는 것이 아니라 그냥 잠에서 깨어나는 것이 개인의 천재성이며 내부의 열망이라는 표현이 참 신선하다. 매일 잠에서 깨는 것, 매일 아침을 맞이하는 것은 정신을 깨어 일어나라는 축복의 메시지이다.

내게는 아침이 매일 새롭고 신선한 건 아니다. 어느 날부터 아침에 일어나서 스스로 기분을 살피게 되었는데 이는 긍정의 힘을 배우고 난 뒤부터 스스로 의식적으로 하려고 노력하는 일면이다. 어떤 날은 이유 없이 불쾌하기도 하고, 몸이 찌뿌드드한 날은 마음도 같이 칙칙한 어둠에 싸여있는 느낌이 들 때가 많다. 가끔 몸이 가볍고 날아오를 듯할 때가 오히려 이상해서 '아니 오늘은 왜 이리 가볍고 상쾌하지? 왜?' 하면서 이상한 현상이라는 생각을 하기도 한다. 일상이 나도 모르게 거의 어두운 생각들로 흘러가고 있었다는 생각이 비로소 든다.

'조화로운 자율신경으로 전날의 모든 것이 가지런한 배열을 갖춘 후 잠에서 깨어남은 육체적으로나 정신적으로나 새롭고 고귀한 시작을 알리며, 이때 비로소 어둠이라 표현된 지난 시간은 빛으로 깨어난 아침이라는 눈부신 열매를 선물한다.'는 소로우의 생각에 온전하게 공감한다. 스스로 깨어나기를 기다리는 긴 어둠, 어둠이라 부르는 그 무한한 침묵은 우리에게 무엇을 주고 있었을까? 어둠은 밝을 때 행하였던 지난 시간을 숙성시키고 있었나 보다.

어둠을 깨어나기 위한 고귀한 가치로 보는 소로우의 관점은 힘들고 어려운 일상의 모든 것에 대단한 가치를 부여한다. 어쩌면 불쾌함, 짜증 등 어두운 생각 등이 행복을 향한 가장 단거리의 여행일 수도 있다는 생각에 시원한 힘이 솟는다. 어두운 감정들로 인해서 자신을 돌아보게 되었다면 그 불쾌한 감정 자체가 대단한 축복이며, 어둠의 메시지를 알아차리느냐 못 알아차리느냐에 따라 행복과 불행은 스스로 선택하는 선물이 될 것 같다. 어떤 선택을 하느냐는 순전히 자신의 몫이라는 생각이 든다.

책을 보다가 통쾌하고 신선한 논리에 접속이 되는 쾌감, 이 시원한 비상을 어떻게 표현할까?

바로 눈앞에 있는 사람들과 일을 하는 일상들, 꿈을 향한 여정의 순간순간들을 한 번도 만난 적 없는 새로움으로 반길 수만 있다면, 눈부시게 즐거운 변화가 일어날 것 같다. 남편과 자식들, 부모, 형제, 침대와 이불, 세수하고 청소하는 일, 학교에서의 업무 등을 신성하게 깨어난 아침의 눈으로 바라보려고 시도할 때 맑고 깨끗한 새 역사의 기록이 시작되리라. 나와 만나는 학생들은 매 순간 새롭고 설레는 희망의 메시지이며 성장의 본보기이고 알차고 튼실한 열매의 순환 그 자체다. 배움과 가르침의 과정을 축복으로 즐기려 한다. 내가 보는 모든 장면과 내가 만난 모든 상황은 억겁의 역사로 그물처럼 연결되어 드러났고, 여기서 이 모든 것을 만난 나는 지금 어떤 그림을 그려야 하는지 답이 보이는 듯하다.

소로우는 월든 호수를 전문 지질학자나 건축기사 못지않게 자세하게 관찰한다. 호수의 깊이, 변하는 호수의 색깔, 비가 올 때의 상황, 주변의 나무들, 온갖 새들의 소리와 교감한다. 이 명료한 관찰은 어디서 오는 것일까? 공들인 시간에 관한 관심의 깊이일까? 사랑의 순수함일까?

명료한 사색의 깊이를 엿볼 수 있는 문장 하나.

부드러운 이슬비가 한 번 내리면 풀밭은 한층 더 푸르러진다. 우리 역시 보다 훌륭한 생각을 받아들이면 우리의 전망도 훨씬 밝아지리라. 우리가 항상 현재에서 살면서 자신의 몸 위에 떨어진 한 방울의 작은 이슬도 놓치지 않고 받아들여 커가는 풀잎처럼 우리에게 생기는 모든 일을 최대한으로 이용할 수 있다면, 그리하여 과거에 놓쳐버린 기회에 대해 속죄하는 것으로 시간을 보내지 않는다면 우리는 정말 복 받은 존재가 될 것이다.

한껏 물오른 나무와 풀들은 그 자체로 힐링이며 치유이다. 부드러운 이슬비를 흠뻑 받아들인 풀밭이 드러내는 투명한 풀빛과 풀 내음은 얼마나 건강하고 아름다운지…….

어쩌면 내 앞에 펼쳐지는 모든 일들에서, 구석구석 어루만지며 소리 없이 스며드는 이슬비처럼 자애로운 메시지를 들을 수도 있었다는 생각이 든다. 남편의 늦은 귀가가 어떤 메시지인지, 상대의 화가 무엇을 보라고 하는지, 비바람이 무엇을 알려주러 왔는지, 관심을 부담스러워 하는 아들이 무엇을 원하고 있는지, 말썽을 일으키는 학생들이 무엇을 도와달라고 하고 있는지, 피로에 지친 몸이 어떤 신호를 보내고 있는지…….

주변의 모든 상황을 쉼 없이 두드리며 내가 무엇을 해야 하는지 알리려고 애를 쓰고 있었다는 생각이 든다.

자신의 몸 위에 떨어진 한 방울의 작은 이슬도 온몸으로 받아들여 커가는 풀잎처럼, 내게 온 여러 상황을 온몸으로 받아들이는 도전을 시도해 보고 싶지만 가능할지…….

즐겁고 반가운 일들은 하지 말라 해도 흠뻑 취하며 받아들이겠지만, 과연 마음에 들지 않는 상황이 감사하게 받아들여질지는 의문이다. 그래도 시작해 보자는 마음을 다지니, 미처 보지 못했던, 느끼지 못했던 감각들이 다가온다.

기침이 들어 잘 낫지 않아 짜증을 부리다가 문득 드는 생각이, '기침이 최선을 다하여 이 몸을 치료하고 있구나.'라는 생각이 들면서 기침에 감사하기도 하고, 어긋난 일에 짜증을 부리기보다 '딱 맞는 시간에 오고 가는구나.'라는 생각이 들면서 불평불만이 많이 줄기도 한다.

보고 듣는 관점에 따라, 만난 상황에 대한 이해에 따라 그곳은 고통의 장소가 되기도 하고, 아무런 영향이나 이해가 없는 무덤덤한 곳이 되기도 하고, 최고의 가치를 지닌 아름다운 곳으로 변하기도 한다. 살아가는 순간순간을 언제나 시작점의 위치에 두고 어떤 것이든 이롭게 활용하고자 하는 생각으로 움직이면 가는 곳마다 보석 같은 메시지를 발견할 수 있을 것 같다.

과거에 놓쳐버린 기회에 대해 속죄하는 것으로 시간을 보내지 않는다면 우리는 정말 복 받은 존재가 될 것이다.

우리의 생각은 지나간 사건을 바탕으로 쉴 새 없이 일어난다. 바로 앞에 또는 옆에 있는 가족이나 친척, 가까운 사람일수록 많은 편견을 가지고 언제라도 변할 수 있는 그의 인품을 미리 판단하곤 한다. 또 해도 안 된다는 생각으로 해 보지도 않고 미리 마음의 문을 닫는 행동도 얼마나 자주 하는지, 긍정과 행복을 추구하는 이면에 소리 없이 똬리 틀고 있는 부정, 불행에 대한 두려움들도 새삼 발견한다.

쉼 없이 오는 순간들을 맞이하며 늘 새로이 시작하기도 바쁜데, 이미 지난 시간의 흔적 속에서 어이없이 헤매고 다니며 걱정과 불안을 만들면서, 많은 시간을 회한과 반성과 후회로 낭비하고 있는 어리석음을 새삼 돌아본다. 많은 책에서 '깨어있으라.' 했지만 뜻을 제대로 모르니 일상에서의 실천이 제대로 되지 않는다. 지금도 여전히 습관적인 판단과 온갖 긍정 부정에 저절로 휘둘리지만, 천재작가의 열린 생각을 접한 덕분에 상황에 대한 이해의 폭을 넓히는 기회를 조금이라도 더 갖게 되어 참 고맙다.

소로우가 보낸 메시지는 서로의 움직임을 소중하게 바라보고 관점의 차이가, 관심의 깊이가, 서로를 어떻게 변화시키는지 실험을 시작하라고 한다.

삶은 살아있음의 연속이다. 우리는 매일매일 변하고 있으며 이 순간도 변화의 흐름에 있다. 매 순간 아침의 신선함에 깨어있기란 어려운 일이겠지만 수시로 자신을 돌아보면서 '나는 누구를 만들고 있는지' 바라보려 한다.

우리가 여왕 글
자를 배운이상
최고의 작품들
을 읽어야 할
것이다.

태양은 혼자다

나는 혼자 있는 것이 좋다.
나는 고독만큼 친해지기 쉬운 벗을 아직 찾아내지 못하고 있다.
대체로 우리는 방 안에 홀로 있을 때보다
밖에 나가 사람들 사이를 돌아다닐 때 더 고독하다.

— 헨리 데이빗 소로우. **월든**

저녁 시간 혼자 있는 시간이 외로웠다. 남편이 모임에 가고 혼자 아이들을 돌보면서 외롭다고 느꼈다. 친구가 없고, 소통할 사람이 별로 없다는 생각에 외로움을 느꼈다. 그러다가 누군가 나에게 다가오면 너무나 쉽게 내 옆자리를 내어주고 많은 시간을 함께 했다. 먹고, 마시고, 영화를 보고, 옷을 사러 다녔다. 산에 갈 때도 여행 갈 때도, 온갖 일들을 함께하며 좋을 때도 있었고 힘들 때도 있었다. 성격이 다르고, 취향이 다르고, 생각이 달라 마음이 편하지 않을 때도 많았다. 소로우는 '우리는 너무 얽혀 살고 있어서 서로의 길을 막기도 하고 서로에게 걸려 넘어지기도 한다.'고 했는데 나도 그랬었나 보다.

　소로우는 월든 호숫가에 혼자 집을 짓고 살며, 자연의 일부가 되었다. 그는 가장 감미롭고 다정한 교제, 가장 순수하고 힘을 북돋워주는 교제는 자연물 가운데서 찾을 수 있다고 했다. 자연 가운데 살면서 자신의 감각지능을 온전하게 유지하는 사람에게는 암담한 우울함이 존재할 여지가 없다고 했다. 소로우는 이웃에 사람이 있음으로써 얻을 수 있다고 생각되던 여러 가지 이점이 대단치 않으며, 그리고 우리는 중요하지 않고 일시적인 일들을 주요 관심사로 두며 정신을 교란시키고 있다고 말한다.

　태양은 혼자다. 고독은 한 사람과 그의 동료들 사이에 놓인 거리로 잴 수 있는 것이 아니며 사색하는 사람이나 일하는 사람은 어디에 있든지 항상 혼자인 것. 목장의 한 송이 꽃, 북극성, 남풍, 4월의 봄비, 정월의 해동, 지붕 위의 풍향계, 집에 자리 잡은 거미도 혼자다. 이런 모든 것들이 외롭지 않듯이 소로우 역시 대자연 속에서 고독을 즐겼다. 그리고 고독 속에서 철저히 행복감을 느꼈다.

　소로우는 철저히 혼자이면서 무던히도 많은 친구를 가졌다. 그 친구들은 자연 속에 있는 변하지 않는 정겨운 친구들이다. 자연 속의 친구를 알아보고 느끼고, 만나고 대화할 수 있는 육체적, 정신적 힘을 길러야 한다.

　자연은(해와 바람과 비 그리고 여름과 겨울은) 말로 표현할 수 없이 순수하고 자애로워서 우리에게 무궁무진한 건강과 환희를 안겨준다. 그리고 우리 인류에게 무한한 동정심을 가지고 있기 때문에 만약 어떤 사람이 정당한 이유로 슬퍼한다면 온 자연이 함께 슬퍼해 줄 것이다. 태양은 그 밝음을 감출 것이며, 바람은 인간처럼 탄식할 것이며 구름은 눈물의 비를 흘릴 것이며 숲은 한여름에도 잎을 떨어뜨리고 상복을 입을 것이다. 내가 어찌 대지와 교제를 갖지 않겠는가? 나 자신이 그 일부분은 잎사귀이며 식물의 부식토가 아니던가!

그러나 요즘 인간은 너무나 열심히 일하고 바쁘게 사는데도 행복하지 않은 것 같다. 요금 사람들은 감각의 노예가 되어 감각적인 것을 누리는 가난한 문명인이 되어가고 있다. 어떻게 살아야 멋지고 행복한 것일까?

자연 속에서 무한한 자유와 행복한 고독을 즐기기 위해서 우리는 의식주의 속박에서 벗어나야 한다. 멋진 집을 가지려고 일생의 대부분을 노동의 고통 속에서 살아야 하는 멍에를 벗어야 할 것이며, 유행의 겉치레를 위해 자신을 내어주는 어리석음에서 해방되어야 한다. 소박하게 먹고 소박함을 즐기며, 작은 것에 만족하고 거친 것에 익숙해 져야 할 것이다. 생활필수품을 마련한 다음에는 여분의 것을 더 장만하기보다는, 사치품을 사기 위해 자신의 비싼 노동을 바치기보다는 인생의 모험을 즐기고, 중요한 가치를 추구하는 것으로 시선을 돌려야 한다. 소로우가 월든 호숫가에서 작은 오두막집을 짓고 소박한 농업으로 자급자족하면서도 많은 시간의 자유를 누리고 책을 읽고 사색하는 삶을 영위한 것처럼, 중요하고 자신이 좋아하는 것을 하며 시간을 보내는 행복을 누릴 수 있도록 감각기관의 즐거움을 투박하게 할 필요가 있다. '자발적인 빈곤'이라는 유리한 고지에 오르지 않고서는 진정한 자유를 누리기 힘든 것이다.

그리고 자신의 행위 때문에 얻어진 평판의 노예, 대중의 평가에서 벗어나야 한다. 자신이 정신세계의 노예가 되지 않도록 자유로운 속에 자신을 둘 수 있어야 한다. 무지와 오해 때문에 부질없는 근심으로 마음을 빼앗겨서는 안 된다. 인간관계의 속박에서 자신을 얽어매는 어리석음에서 벗어나야 하며 인간 대 인간으로서 당당한 자유 의지로 굳건히 서야 한다.

이제 나는 외로움으로 누군가를 찾지 않는다. 태양처럼 혼자 있을 수 있다. 나는 자연 속의 평온함과 따스함을 느낄 수 있고, 인간에게 너무 많은 기대를 하지 않으며 나의 잣대로 남을 평가하고 그렇지 않음에 애태우는 일도 줄었다. 나는 밤이 바쁘다. 더 읽고 싶은 인문학책이 항상 옆에 있고, 함께 밥을 먹고 차를 마시지 않더라도 인문학 여행을 동행하는 이웃이 있으며, 나의 선의에 기뻐하는 학생들과 동료들이 있다. 나는 더욱 유연한 인간관계 속에서 자유로워질 것이며, 서로 얽혀 고통으로 신음하지 않을 것이다. 작은 잎사귀에 찾아오는 계절의 변화에 기뻐할 것이며, 아름다운 것을 더 많이 보고 느끼고 감탄할 것이다. 작은 것들의 소중함을 느끼고 작은 일에 더욱 기뻐할 것이며, 자신을 더욱 닦아갈 것이다. 그리고 나와 다른 사람을 그대로 인정하고 상처 주지 않고 더욱 부드럽게 대할 것이다.

기록되지 않은
역사를 위하여

그런데 보라!
창조는 우리시야에서 전개되어 간다.

— 헨리 데이빗 소로우, **월든**

데이빗 소로우의 「월든」은 원시 자연이 살아 숨 쉬는 호수의 풍광 묘사도 아름답지만, 작가가 건져 올린 깊숙한 내면 의식에 공감하는 것도 아주 매력적이다. 한 사물을 애정 어린 눈으로 바라보며 그 자체로 존중하는 행위는 일상에서 사람과 사물을 신선하게 바라볼 수 있도록 안내한다.

왜 우리는 성공하려고 그처럼 필사적으로 서두르며, 그처럼 무모하게 일을 추진하는 것일까? 어떤 사람이 자기의 또래들과 보조를 맞추지 않는다면, 그것은 아마 그가 그들과는 다른 고수(鼓手)의 북소리를 듣고 있기 때문일 것이다. 그 사람으로 하여금 자신이 듣는 음악에 맞추어 걸어가도록 내버려두라. 그 북소리의 박자가 어떻든, 또 그 소리가 얼마나 먼 곳에서 들리든 말이다. 그가 꼭 사과나무나 떡갈나무와 같은 속도로 성숙해야 한다는 법칙은 없다. 그가 남과 보조를 맞추기 위해 자신의 봄을 여름으로 바꾸어야 한단 말인가?

누구에게나 자신의 봄이 있고 자신만의 가을이 있다. 한여름에도 눈을 뿌리는 사람이 있고 꽁꽁 언 겨울에도 자신만의 싹을 틔우는 사람이 있다. 다름을 인정한다는 것은 일상의 기본적인 배려이지만, 나는 이것이 생명에 대한 최고의 예의이자 존중이라고 본다.

'내가 정답이라 생각하는 것이 다른 사람에게는 오답일 수도 있다'라는 이론은 알고 있지만, 일상에서 접하는 보편적인 대응을 보면, 나는 거의 '맞다'와 '틀리다'로 평가하고 있었다. 특히 가족에게는 욕심이 앞선 나의 아집으로 가족들의 생각을 존중하기보다 '당연히 그래야 한다.'는 강요가 앞섰던 나의 모습이 비로소 보인다. 모든 것을 보살펴 주는 부모가 역할을 잘하는 줄 알았다. 자신의 생각은 무시한 채 때때로 강압적 위협으로 엄마 수준의 일방적 통행을 강요당하는 데 거부감을 느낀 아이들이 내는 목소리조차 사춘기의 치기라고 무시했으니 참 부모 노릇이 어설펐던 것 같다. 남편의 범위에 들어있는 넓은 가족관계와 나의 범위에 있는 내 가족의 관점 차이로 자주 갈등이 일어났고, 성장한 아들을 향해 나의 잣대로 지시를 일삼던 결과 아들과도 미묘한 갈등을 불러왔다.

아들은 대학을 다니기 위해 집을 떠나면서 '어 시원하다.' 했다. 그리고는 집에도 잘 오지 않았다. 기가 찼다. 그러나 이 일이 내 어이없는 무지와 아집을 깨우는 메시지였음은 시간이 한참 지난 뒤 알았다.

비로소 나를 되돌아보기 시작했다. 자식의 교육에 별 관심이 없다고 생각했던 부모님에 대한 섭섭함 때문이었을까? 난 최선을 다한다는 생각으로, 다 너 잘되라고 당연히 간섭한다고 큰소리치며 불도저처럼 몰고 가던 많은 과정이 보이기 시작했다.

'가족들이 힘들었겠다. 쇠기둥 벽을 마주한 느낌이었겠다.'

아들이 수시로 두드리고 깨워준 자신의 아집을 발견하고도 상대를 눈에 보이는 대로 평가하고 미리 규정짓는 오랜 습관은 쉽게 고쳐지지 않았다. 그러나 보슬비가 메마른 땅을 적시듯 조금씩 스며들다 충분히 적셔지면 물이 고이기 시작하리라.

길을 걷다가도 어떤 생각을 하고 있는지 돌아보는 시간이 늘어나고, 내 앞에 있는 사람을 짜증으로 보고 있는지 연민으로 보고 있는지, 어떤 사람을 만들고 있는지 자각하는 시간이 점점 늘어나는 작은 변화를 느낀다. 상대의 봄이, 상대의 여름이 결코 나와 같지 않음을, 우리가 다 같이 그래야 할 필요가 없다는 것을 인정은 하면서도 알게 모르게 규정지어진 문화적 관습과 잣대들로 번번이 실수를 한다. 그러나 드러난 겨울이 봄, 여름, 가을로 인한 것임을 조금씩 의식하게 되었다.

소로우는 월든에서 다름의 차이를 인정을 넘어 존중하며 그의 존재 자체를 자연 그대로 두라고 한다.

'그대로 두라. 세상은 아무 문제가 없다.'

「월든」을 읽은 후 아잔차의 책을 읽다 발견한 이 문장이 온몸을 휘감았다. 아잔차의 말씀처럼 세상에 문제가 있는 게 아니라, 너 때문이 아니라, 다만 문제가 있다고 생각하는 나에게 문제가 있음을 발견한 것은 대단한 수확이었다. 소로우와 아잔차 성인을 통하여 발견한 생각은 나에게 가히 의식의 혁명이라고 불러도 좋을 만하다.

소로우가 날아다니는 새에게서 비상의 아름다운 곡선을 그리듯이 찾아내는 것도, 호숫가에 있는 돌덩이가 천상의 보석처럼 보이는 것도, 물장구치는 소금쟁이와 피치를 그처럼 아름답게 바라볼 수 있는 것도, 숲에서 만난 무지한 나무꾼에게서 경쾌한 천재성을 발견하는 것도, 아무 문제가 없는 세상에 대한 그의 경외심이 그대로 표현된 것이리라.

모두의 존재 자체를 있는 그대로 존중하면서 어디에도 묶이지 않는 그의 자유로움이, 자연을, 사물을, 사람을, 상황을 있는 그대로의 순수한 모습으로 드러낼 줄 아는 힘이 월든을 탄생시킨 것 같다.

자유!

자유는 인식이 가능한 모든 대상과 하나가 되는 축복이다. 자유는 사람과 사물을 있는 그대로 가볍고 명쾌하게 만든다. 어디에도 걸리지 않으니 지금 해야 할 일이 단순하고 쉽다. 갈등하지 않으므로 시원하고 빠르다. 안 보이던 길이 보이고 좁은 길이 넓게 열린다. 하고 싶을 때 하고 가고 싶을 때 가면 되니까……

내게 돌아볼 기회를 선물하고 자유로운 영혼에 가까이 갈 수 있는 자리를 선물한 아들과 남편에게 평생 감사하면서 고마워할 일이다. '너를 힘들게 하는 사람을 스승으로 모실 수 있다면 너는 석가모니를 찾아 인도로 갈 필요가 없다.'는 아잔브람의 말씀처럼 가장 가까이 있는 스승이 나를 두드리며 깨어나라 안내한다. 마음에 들지 않는다고 파도를 일으키는 내 모습을 바라보기 시작하자, 같은 상황인데도 그의 처지가 이해되면서 울컥하는 공감이 올라왔다. 상대가 그렇게 할 수밖에 없는 상황이 보이면서 미안한 마음이 들고 '어떻게 하는 것이 진정한 도움이 될까?'를 생각한다.

내가 편안해지자 신기하게도 눈앞의 상황들이 변하기 시작했다. 먼저 내 마음이 편안해진 것도 있지만, 그들도 점점 편안한 사랑을 내게 보내고 있는 것을 느낀다. 신기하다. 별로 변한 건 없는데 조금 쉽게 조금 시원하게 일들이 진행되는 것을 느낀다.

그렇지만 나는 안다. 내가 마음에 든다고 하는 순간 또 다른 함정에 빠지고 있다는 것을……

어디까지 가야 할지 모르겠지만, 자유는 평생 조심스러운 눈으로 가꾸어 가야 할 나의 명제다.

자신을 개발하기 위하여 서두른 나머지 수많은 영향력에 자신을 내맡기지 마라. 그것도 일종의 무절제이다. 겸손은 어둠이 그러하듯이 천상의 빛을 드러나게 한다. 가난과 옹색함의 그림자는 우리 주위에 드리워 있지만 그런데 보라! 창조는 우리 시야에서 전개되어 간다.

당신이 가난하기 때문에 활동 범위에 제한을 받더라도, 예를 들어 책이나 신문을 살 수 없는 형편이 되더라도 당신은 가장 의미 있고 중요한 경험만을 갖도록 제한되는 것에 지나지 않는다. 당신은 가장 많은 당분과 가장 많은 전분을 내는 재료만을 다루도록 강요받게 된 것이다. 당신은 인생을 빈둥거리며 보내지 않도록 보호받게 된 것이다.

'이러이러해야 된다'는 나의 잣대와 주변의 영향력에 우리는 얼마나 많이 휘둘리고 있는가? 나와 우리 사회가 규정지은 각종 지침에 따라가기 위해 날마다 바쁘게 흔들리고 있는 우리에게 던지는 메시지가 시원하다. 나는 어디서 많이 흔들리고 있는지, 흔들려야 하는데 당연한 줄 알고 무감각하게 몰아가는 것은 무엇인지 돌아본다.

지금은 가장 중요하고 의미 있는 경험을 하는 중, 하하! 언제나 나는 보호받고 있다. 기분 좋은 발상의 전환이다. 우리의 상황이 어떻든 모든 것은 최고의 선택이며 신의 가호로 보살핌을 받고 있다는 사유가 참 고맙다.

무엇이 불만인가? 못 가진 것이 무엇인가? 가장 의미 있고 중요한 경험만을 다루라는 신의 허락이라 갈 곳을 가고 있고, 올 곳에 오고 있어 틀린 것이 없단다. 엄청난 긍정이다. 어쩌면 우리는 말로 표현하기 벅찬 은혜로움을 모른 채 살아가는 것 같다.

그런데 보라! 창조는 우리 시야에서 전개되어 간다.

지금 하는 말도 바로 과거로 돌아가고 조금 전의 세포는 새로운 세포로 대치된다. 어느 것 하나 과거 아닌 것이 없으며, 새로운 미래가 쉴 새 없이 물밀 듯 밀려오고 있다.

기록되지 않은 무한 섹터에 알게 모르게 고스란히 기록되는 나의 역사, 그러나 계속 다가오는 텅 빈 섹터! 망설이는 시간조차 기록되니 이 일을 어이할 것인가?

상대의 모습은 나의 생각이니 내가 생각한 바는 상대에게 기록되는 것이 아니고 나에게 기록되어 그러한 나를 만든다. 이 논리는 관습의 잣대나 문화에 대한 동참에도 적용된다. 맞다 틀리다고 할 것이 아니라, 어떻게 활용하느냐에 따라 독약이 되기도 하고 도움이 되기도 할 것이다.

많이 어설픈 나. 놓기도 기대기도 어설프지만 그래도 방향이 보이는 듯하다. 지금 여기 있는 것으로, 지금 보고 듣는 것으로 나는 만들어 지리라.

빛나는 너를 만드는 것이
빛나는 나를 만드는 것이니……

간소화하고
간소화하라

간소화하고 간소화하라.
하루에 세 끼를 먹는 대신 필요할 때 한 끼만 먹어라.
백 가지 요리를 다섯 가지로 줄여라.
그리고 다른 일들도 그런 비율로 줄이도록 하라.

　　　　　　　　　　　　　　－ 헨리 데이빗 소로우. **월든**

누군가에게 책을 권유받은 게 얼마 만인지 모른다. 살면서 책을 권유받은 적이 있긴 했다. 하지만 인문고전이라는 분야의 도서를 권유받은 건 고등학교 이후로는 처음이었다. 흥미가 생기기 시작했다. 얼마나 좋은 책이기에 얼마나 재미있기에 인문도서를 추천해주셨는지 내용이 궁금해졌다.

그래서 한 해 읽을 인문고전 도서 선정할 때 과감하게 책 이름을 올렸다. 아직 읽어보진 않았지만, 추천해준 사람의 감을 믿어보기로 했다.

하지만 책을 펼치고 앞부분을 읽는데 '앗 생각보다 재미없는데, 책을 잘못 골랐나? 어쩌지 이 사람 너무 비판적인데 읽기 힘든 책인가보다.' 이런 생각이 지배적이었다. 내가 선택 한 책이 다른 사람들이 보기에도 재미있었으면 좋겠다. 읽기 좋았다는 이런 얘기를 듣고 싶은 건 누구나 다 느끼는 감정이 아닐까. 생각보다 나아가지 않는 진도에 진땀에 나기도 했다. 이 책이 읽기가 어렵게 느껴지는 건 이 사람이 우리에게 들려주고자 하는 이야기를 내가 못 따라갈 정도로 깊이가 있기 때문은 아닐까 그런 생각이 들기 시작했다. 초반 부분을 지나자 헨리 데이빗 소로우 이 사람 진짜 대단한 사람이구나 하는 생각이 들기 시작했다.

문장들은 위트가 넘치고 어디선가 본 듯한 사진 같은 풍경 묘사와 단어들을 보고 있으면 미소가 흐르고, 웃고 있는 나를 발견하게 된다. 동·서양을 가리지 않은 방대한 독서량에 놀라고 그 지식의 깊이에 또 한 번 놀라게 된다. 월든 호수에 혼자서 집을 짓고 사는 어떤 한 남자의 철학적인 이야기가 아니라 이 책은 사람이라면 어떻게 살아가야 하는지를 보여주는 책이었다.

우리는 어떻게 살고 있나? 학생은 학교와 집을 반복하고 직장인은 직장과 집을 반복적으로 그냥 살아내고 있다. 주말 잠깐 취미활동이나 여가를 보내며 그저 살아내고 있지 않을까. 하루가 그냥 흘러가기를 기다리면서 말이다.

여유 없이 아무 생각 없이 돈이 아니면 아무것도 할 수 없을 거라는 불안감을 안고 현대인들은 살아가고 있다.

우리는 너무나도 철저하게 현재의 생활을 신봉하고 살면서 변화의 가능성은 부인하고 있다. "이 길 밖에는 다른 도리가 없어." 하고 우리는 말한다. 그러나 원의 중심에서 몇 개라도 반경을 그을 수 있듯이 길은 얼마든지 있다. 생각해보면 모든 변화는 기적이라고 할 수 있으며, 그 기적은 시시각각 일어나고 있다.

소로우는 우리가 가지고 있는 무한한 가능성에 관해 이야기 하는 것이 아닐까? 현재의 생활을 최선을 다해 살아가는 것이 잘못된 것은 아니라 생각한다. 하지만 분 단위로 한 시간을 계획하고 하루를 계획하고 한 달을, 일 년을 계획하여 사는 사람도 있다. 그렇게 모든 사람이 치열하게 살 필요는 없다. 하지만 많은 사람은 '그저 사회 통념상 법에 저촉되지 않는 한 그냥 살면 되지,' 하고 생각하고 있다는 생각이 든다. 지금 하는 방법이 최선일 수도 있지만, 최악을 면하고자 그저 살아가고 있을 수도 있다.

소로우는 행복한 삶을 위해 다양한 방법이 있으니 시도해보라고 한다. 뭐든 도전해 보라고……. 나비효과처럼 한 번의 날개짓이 힘들어 그렇지 한번 날개짓을 하고 나면 그다음은 어떤 기적이 일어날지 모른다.

소로우는 전반적으로 절제하는 삶을 이야기하고 있다. 초절론을 바탕으로 한 자연주의를 이 책에서 보여주고자 하는 것 같다.

간소화하고 간소화하라. 하루에 세 끼를 먹는 대신 필요할 때 한 끼만 먹어라. 백 가지 요리를 다섯 가지로 줄여라. 그리고 다른 일들도 그런 비율로 줄이도록 하라

우리가 밥 먹을 때는 어떤 모습일까? 푸짐하게 모자라지 않게 넉넉하게 차리고 있지는 않은지. 하루 세끼 안 먹으면 죽을 것처럼, 먹는데 욕심을 내기도 한다. 냉장고에서 꺼낸 반찬 중 서너 가지는 아예 젓가락 한 번 안가는 음식들이 있는데도 5가지 이상 안 차리면 내가 가정에 소홀한 엄마가 된 것 같은 기분이 들어 또 다른 반찬을 하고 있다. 왜 우리는 욕망에 사로잡혀서 안 해도 될 것을, 아니

하지 말아야 할 일을 하는 걸까? 습관적으로 아니면 관념적으로 우리는 불필요한 것들을 많이 하면서 살고 있다. 소로우는 이 책에서 우리가 잊고 사는 것들을 일깨워 주고 있다. 나와 내 주위를 돌아보게 된다.

간소화하라! 그러기 위해 의식적으로 나를 계속 일깨워야겠다는 생각이 든다. 그런 의미에서 이 인문고전 독서 동아리 모임은 최고다. 나를 끊임없이 돌아보게 하고 채찍질하게 만든다.

초록의 나무와 잎, 다양한 베리류, 이름 모를 들풀, 농작물들, 겨울의 눈, 호수의 안개와 얼음 새들의 울음소리, 봄을 알리는 표현 등, 목가적인 풍경들이 넘치는 월든은 마음이 따뜻해지고 풍부해지는 책이다.

나는 어린 시절 시골에서 살아서 그런지 이런 모습들이 눈에 그려지듯 다양한 색감을 입힌 사진처럼 떠오른다. 도시와 시골을 두고 어디 살지 묻는다면 나는 두 번 생각 안 하고 시골로 갈 거라고 대답할 수 있다. 월든 호수처럼 호수가 있는 곳이라면 더 좋겠지만 굳이 호수가 아니더라고 작은 실개천이나 계곡이라도 나는 좋을 것 같다. 소로우는 도시 생활이 주는 단점이나 시골 생활이 주는 장점을 이야기하고자 하는 게 아닐 것이다. 도시를 떠나 시골에서 조용히 생활하라 강요하지는 않는다. 어디서든 자신이 마음먹기에 따라 기본적인 것들만 제대로 세우고 생활한다면 만족하는 삶을 살 수 있다고 이야기하는 게 아닐까? 책을 읽고 일하고 간소화하고 그러다 보면 나도 행복해져 있을 것만 같다.

법정 스님도 돌아가시기 전 머리맡에 가지고 계셨던 책 중 한 권이라는 「월든」을 읽고 나면 많은 사람이 월든 호수를 거닐어 보고 싶어 여행을 떠난다고 한다. 이 책이 마음의 평화와 안녕을 주기에 그런 것일까? 만약 미국여행의 길이 나에게 주어진다면 미국의 다른 곳보다는 월든 호수를 찾아가 혼자 조용히 소로우가 걸었던 호숫가를 거닐고 싶다.

우리가 여왕 글
자를 배운이상
최고의 작품들
을 읽어야 한
것이다.

우리 아이
부자 만들기

고대는 가난하고 야만적인 국민이
부유하고 문명적인 국민을 이기고 지배했지만,
지금은 그 반대로 부유하고 문명화 된 국민이
나라를 지키고 유지하는데 더 유리하다.

— 애덤 스미스, **국부론**

우리 인생이 80이라면 반 이상을 지났는데, 나는 앞으로 30년의 기대 수명이 남아 있다. 내 남은 시간은 어떻게 살까? 나는 잘살고 있나? 자신에게 묻게 되었다. 그러던 차에 인문학 독서 동아리 '인문학 동행'을 만났다. 한 달에 한 권씩 책을 읽으면서 내 삶의 방향이 맞는지 살피는 중이다.

나는 책을 읽을 때 너무 두꺼운 책은 부담스러워 꺼렸는데 이번에 읽게 된 국부론은 1000페이지가 넘는다. 내가 읽은 가장 두꺼운 책일 것이다.

240년 전 영국이란 먼 나라의 도덕 철학자인 애덤 스미스가 쓴 경제 서적이 현재의 나에게 주는 메시지는 무엇일까? 이 책은 '국가의 부는 무엇이며, 어떻게 부를 유지하는지'에 관한 책이다

애덤 스미스는 '국가의 부의 원천은 비옥한 토지도 아니고 금과 은을 많이 가지고 있다고 부유한 국가가 아니다. 진정한 부유한 국가는 분업화되고 이 분업화된 노동력과 자유로운 시장경제체제를 가진

국가가 정말 부유한 국가다.' 라고 이야기했다. 하지만 이러한 자유로운 시장체계에서 이익이 자본가 중심으로 간다고 비판하면서 지적하기도 했다. 이 부분은 현대의 우리가 가진 문제와 똑같다.

최근 가장 인상 깊었던 사건은 세계 경제 강국 미국의 대통령 선거에 정치인이 아닌 사업가 경제인 출신 대통령이 선출되는 것을 보고 각 나라마다 국가경영의 중심에 국가의 부, 나라가 잘 사는 것이 가장 중요한 사실임을 새삼 인식하면서 이 책을 읽었다. 나에게 와 닿는 것은 '국가의 부가 바로 안전이고 생명유지' 라는 것이다.

고대는 가난하고 야만적인 국민이 부유하고 문명적인 국민을 이기고 지배했지만, 지금은 그 반대로 부유하고 문명화 된 국민이 나라를 지키고 유지하는데 더 유리하다.

그 이유가 바로 부에서 나오는 화력 좋은 무기 때문이라고 판단했다. 맞는 말이다. 우리 개인이 부자가 되고 싶은 것도 같은 의미이다. 위험한 사회구조 속에서 안전하기 위해 돈이 필요하다. 생명유지와 인간다운 삶의 기본이 경제적인 재원이 있어야 하니 우리가 그렇게 애쓰고 희생하는 것이다.

우리나라는 자원이 거의 없음에도 세계강국 대열에 바짝 접근하고 있다. 그 이유는 인적 자원의 우수성, 교육의 힘이라고 나는 생각한다. 그래서 지금 우리네 사회는 부모는 없고 학부모만 있다는 비판적인 말이 나올 정도로 학력중시 사회에서 살고 있다.

급격히 변화하는 지금 우리네 삶에서 부자가 되려면 과연 고학력만이 최선일까? "과거에는 그랬지만 앞으로는 그렇지 않다."라고 감히 말하고 싶다. 그러면 무엇이 최선일까?

학력보다 자신의 능력과 재능에 맞는 직업을 찾아서 경륜을 쌓아 전문가가 되는 것이 가장 중요하다고 생각한다. 어머니들은 자녀가 공부 잘하기를 원한다. 좋은 대학에 진학하고 좋은 직장을 가지기 위한 필수 조건이 성적이기 때문이다. '좋은 성적 = 좋은 직장'의 공식이 성립한다는 믿음이다. 물론 맞지만 100% 정답은 아니라고 생각한다. 우리 아이에게 맞는 직업을 찾으려면 어떻게 해야 할까?

먼저, 아이를 관찰해야 한다. 관찰 시에 중요한 것은 객관적인 눈으로 봐야 하는 것이다. 부모의 특성상 보고 싶은 것만 보는 경향이 있다. 부모의 시각으로 해석하지 말고 옆집 아이를 관찰하듯 담담한 마음으로 좋아하는 것이 무엇인지? 잘하는 것이 무엇인지? 어떤 일을 할 때 즐겁게 하고 집중하는지? 어떠한 성격인지? 사람들을 대하는 태도는 어떤지?

중학교 2학년까지는 잘 살펴보고 자주 아이와 이야기를 나누면서 객관적으로 관찰해야 하고 틈틈이 적성검사를 해 보면 좋다. 학교에서 단체적로 하지만 가정에서도 할 수 있다. 커리어 넷과 더욱 전문적으로는 한국 가디언스 등을 이용해서 데이터로 아이의 적성을 살필 수 있다.

두 번째로 어떤 직업들이 있는지 부모가 잘 알아봐야 한다. 20년 안에는 로봇이 생산직, 군인, 택시 기사, 버스 기사, 청소부 같은 직업군을 대신 한다고 한다. 그래서 우리 아이들이 감당해야 할 사회적 위치는 지금보다 혼란스럽고 어려울 것 같다. 2천 가지가 넘는 직업군 중에서 20년 후에 유망직종은 무엇인지 그 직업이 우리 아이와 맞는다면 준비는 어떻게 할지 장기적 계획을 세우고 실천해 나가야 한다.

마지막으로 직접 또는 간접 경험이다. 다양한 직업군을 보여주기 위해 시간을 투자해야 한다. 직접 보게 하는 것이다. 시장도 데리고 가고 관공서, 공장, 농촌, 어촌 등도 데리고 가서 거기서 직업적으로 일하는 분들을 보게 하는 게 필요하다. 그리고 책을 통한 경험을 얻게 하는 것이다. 어린이 대상, 청소년 대상 직업에 관련된 책도 많이 있다. 도서관에 가면 〈어린이와 청소년을 위한 진로, 직업탐색 도서 목록〉이라는 팸플릿을 보면 165권의 책을 잘 소개해주고 있다.

우리 아이에게 도움이 되는 진로 지도, 직업 찾기는 공부의 성적도 물론 필요하지만 아이 본인이 직접 직업에 관한 관심과 동기부여가 되도록 도와주는 것이 필요하다.

자신에게 맞는 직업을 찾는다면 경제적인 부분에서도 성공을 거두리라고 확신한다. 인생의 반 이상을 직업 안에서 살아가야 하는데, 자신에게 맞는 일을 찾고 즐겁게 보람을 가지면서 일을 하고 돈을 벌 수 있다면 행복한 삶의 반은 이루었다고 생각한다. 진로 지도 직업 교육은 중학교 과정 전에 이루어져야 한다. 나이 어린 우수한 인적 자원을 훈련해서 전문화되고 특성화된 집단을 양성하는 것이 개인적인 부와 국가의 부가 형성되는 길이라고 생각하기 때문이다.

조물주 위에 건물주,
얼마나 오래갈까?

아버지로부터 아들에 이르는 연속적인 세대동안
상당한 재산을 소유해 온 오래된 가문은
상업국에서는 매우 드물다.

– 애덤 스미스, **국부론**

주말 드라마에서 '조물주 위에 건물주'라는 말이 나왔다. 요즘 아이들이 말하는 '금수저'의 조건이 월세 받아 평생을 살 수 있는 건물을 부모로부터 상속받는 거란다. 돈을 물려받으면 다 써버리고 빈털터리가 될 터이니 지속적인 수익이 창출되는 생산수단을 소유하기를 원한다. 황금알을 낳는 거위를 소유하면 노력 없이 안락한 일생을 보낼 수 있다고 생각하는 것이다. 농경 시대는 토지가 황금알을 낳는 유일한 생산수단이었으나 자본주의 시대는 크고 작은 다양한 사업체들, 부동산, 금융자산 등 여러 종류의 황금알 거위가 있다. 그중에서도 유독 건물주, 즉 수익형 부동산을 선호하는 까닭은 기업 운영이나 토지 경작처럼 힘들지 않고 위험부담이 덜하다는 생각 때문일 것이다.

　황금알을 낳는 거위를 소유하면 오래오래 행복하게 살 수 있을까? 이솝 우화에서는 하루 한 알의 황금알에 만족하지 못한 주인 내외의 욕심 때문에 거위도 죽고 황금도 얻지 못한다. 우리는 대부분 이 우화에서 과도한 욕심을 부리면 망한다는 교훈을 얻는다.

그런데 우화 속의 주인 내외는 왜 갑자기 많은 황금이 필요했을까? 애덤 스미스의 국부론에서 그 원인을 찾을 수 있다.

풍족한 방종 속에서 인간이 진지하게 추구해야 할 것과는 어울리지 않는, 아이들의 장난감으로나 어울릴, 그런 장신구와 사사로운 물건을 위해 자기의 생득권(birth-right)을 팔았다. (중략)

큰 소득을 자기 자신을 위해 지출할 수 있는 곳에서는 종종 그의 지출에는 한도가 없다. 왜냐하면, 그의 허영심이나 자기 자신에 대한 애착에는 한도가 없기 때문이다. (중략)

아버지로부터 아들에 이르는 연속적인 세대 동안 상당한 재산을 소유해 온 오래된 가문은 상업국에서는 매우 드물다.

농경시대의 황금알, 대토지를 오랫동안 소유했던 귀족들이 몰락한 원인을 애덤 스미스는 상업사회, 사치품의 출현으로 설명한다. 외국 무역이나 상업이 발달하지 않았던 시대의 대지주들은 남아도는 생산물과 교환할 사치품들이 없었다. 그들은 잉여 생산물을 자신의 소유지에 사는 수백, 수천의 사람들과 함께 소비했는데 이는 귀족들이 특별히 이타적이라서가 아니라 썩기 전에 먹어치워야 하는 농업 생산물의 특성 때문이었다고 본다. 귀족들은 넘치는 생산물로 축제를 열고 향응을 제공함으로써 존경과 권위를 얻었고 가문은 오래 유지될 수 있었다.

그러나 무역과 상업의 발달로 외국에서 들여온 희귀한 물품이 거래되면서 잉여 생산물은 사치품을 사들이는데 사용되기 시작하였다. 함께 살아가던 하인들, 가신들을 줄여서 돈을 마련하여 사치품을 사들이기 시작했고, 급기야 황금알을 낳는 거위인 토지를 팔아서 허영심을 채웠다. 상업사회에서는 풍족하면 방종과 허영심이 반드시 따라오는데 이는 채워도 채워도 끝이 없어 결국 몰락에 이르게 된다.

황금알 거위 덕분에 먹고 살 걱정이 없어진 주인 내외가 사치품에 눈뜨는 데 얼마나 걸렸을까? 먹고 마시는 소비행태는 시간도 필요하고 신체적 한계도 있어서 하루 한 알 황금알로 충분하지만, 사치품에 대한 허영심은 바닥을 알 수 없는 블랙홀처럼 시공간을 초월하여 작동한다.

사치품의 유혹이 넘쳐나는 자본주의 사회에서 풍족하게 자란 자녀가 건물을 물려받는다면 건물주의 지위를 얼마나 오래 유지할 수 있을까? 황금알을 낳는 거위를 절대로 죽이지 않도록 자식 교육을 철저하게 시키면 될까? 그러면 '건물주가 된 금수저'가 거위를 잘 돌보고 기르며, 수익 규모에 맞춰 알뜰하게 살고, 어리석은 부부가 거위의 배를 가르듯 건물을 팔아 큰돈을 만지고 싶은 유혹도 이겨낼 수 있을까?

이 모든 것을 이겨낸다 해도 피할 수 없는 큰 문제가 남아있다. 황금알을 낳는 거위도 늙어 죽고, 건물도 낡아서 폐허가 되는 날이 곧 온다는 것이다. 지금까지 인류 역사상 영원한 생산수단은 없었다. 특히 상업사회에서는 생산물뿐만 아니라 생산수단의 수명도 결코 길지 않다. 실제로 우리나라 자산 100억 이상 3만여 개 기업 평균 역사는 17년에 불과하고, 그중에서도 100년 이상 가는 기업은 10개도 못 된다고 한다. 지난 100년 동안 성공했던 일본 100대 기업의 평균 역사도 30년 정도라고 하니, 애덤 스미스의 말처럼 상업사회에서 부를 유지하는 가문은 오늘날에도 매우 드물다.

청년 실업자가 넘쳐나고, 계층이동의 사다리가 없어 이제 더는 개천의 용이 탄생할 수 없는 사회, 부와 빈곤이 고착되어 더는 기회가 없는 사회라고 모두 한탄한다. 하지만 이는 앞뒤가 안 맞는 말이다. 이미 승천한 거대한 용들도 30년을 버티지 못하고 쓰러지는 역동적인 사회가 자본주의 상업사회의 본 모습이다. 그런데 왜 우리는 기회가 없는 사회라고 서로를 세뇌하며 아이들을 바보처럼 주저앉게 하는가?

상업사회의 등장으로 영원할 것 같던 귀족들이 몰락하면서 수많은 자본가가 탄생했고, 거대 기업이 쓰러진 틈에서 사람들은 여전히 새로운 기회를 만들어간다. 끊임없는 변화가 상업자본주의 사회의 특성임을 인식하고 스스로 기회를 만들어가는 용감한 이들이 이 시대의 진정한 '금수저'이다. 월세 꼬박꼬박 나오는 건물을 바라보며 편안하게 시간을 소비하는 삶은 늙은이들에게나 어울리는 모습이다. 우리 아이들에게 물려주어야 할 것은 우리가 사는 사회의 역동성, 변화의 가능성을 깨닫고 용감하게 도전하는 태도이다.

열두 과업을 완수하며 어른으로 성장하는 헤라클레스처럼 과업을 주고 어려움에 직면하도록 용기를 심어주어야 한다.

아들아, 네가 진정한 '금수저'다.

지난 12월 마지막 학기를 마친 아들은 졸업을 앞두고 집으로 돌아왔다. 우리 부부는 2월 말까지만 용돈을 주기로 하고 3월부터는 무엇을 하든 자신의 힘으로 살아야 한다고 단호하게 말했다. 그리고 집에 있는 동안 가끔 취업에 관한 이야기를 나누고, 함께 책을 읽고 짧은 토론을 시도하였다. 자신이 사는 세상이 어떻게 돌아가고 있는지 최소한의 지식이나마 습득하고 구직활동을 하도록 인문학 일부라도 읽게 하였고, 상업의 귀재인 유대인에 관한 책도 읽고 대화를 나누었다.

처음 대화를 시작할 때 아들은 금수저, 흙수저, 삼포세대, 헬조선 등 유행어를 들어가며 자신들이 가장 불행한 세대라는 생각에 젖어 분노를 표하곤 했다. 모든 어려움의 원인을 국가, 사회, 부모의 경제력 등 외부에서 찾는 아들과 내부적으로 눈을 돌려 먼저 자신의 실력과 위치를 알고 눈높이를 낮춰야 한다는 나의 견해가 대립하여 대화는 다툼으로 끝나곤 했다. 그런데도 나는 책 속 구절들을 들이밀어가며 논쟁에 불을 붙였다. 부모의 경제력이 결코 자신의 실력이 될 수 없으며, 이제 더는 부모의 경제력에 빌붙어 살아갈 수 없다는 불편한 진실을 직시하도록 만들어야 했기 때문이다.

패션디자인학과를 나온 아들은 큰 패션기업부터 소기업까지 지원서를 넣고 떨어지고를 반복하였고, 2월 말 졸업식 때까지도 취업은 결정되지 않았다. 그래서 우리는 우선 아르바이트라도 하라고 아들을 떠밀었다. 당장 돈을 버는 것이 목적이 아니라 우리나라 패션시장이 어떻게 돌아가고 있는지 현장에서 답을 찾아보라고 권하면서 패션의 중심 동대문 시장에서 혼자 힘으로 살아보라고 압력을 넣었다.

보증금 5백만 원에 월세 40만 원짜리 방을 구하고 계약하는 일,

일자리를 구하는 일 등 생존을 위한 모든 일을 혼자서 해결한 아들은 3월부터 동대문 시장 여성복 매장에서 일을 시작했다. 우리는 보증금 5백만 원과 3월 한 달 분 월세, 그리고 약간의 용돈을 지원해 주었을 뿐이다. 동대문에서 일을 시작한 지 한 달 만에 아들은 패션무역회사에 취업했고, 지금은 즐겁게 회사생활을 하며 일을 배우고 있다.

일주일 여름 휴가를 받아 집에 온 아들은 월세방이 좁고 불편해서 그동안 서민 주택 정책을 알아보았던 이야기, 주택청약 저축을 시작한 일, 그리고 패션사업에 대한 꿈 등 희망적인 이야기를 풀어놓았다. 1년 계약 기간이 끝나는 대로 방을 옮길 계획을 세우고 있다고 한다. 결핍과 불편이 아들을 진정한 '금수저'로 만들고 있다.

사람마다 자녀를 사랑하는 여러 가지 방법이 있겠지만, 오늘날 우리 아이들에게 더 절실한 것은 물질적 결핍과 정서적 풍요가 아닐까?

국부론에서
나와 인문학이 만나다

다른 사람으로 하여금 자기가 바라는 바대로
행하도록 할 수 있는 수단이 전혀 없을 때,
사람은 다른 사람의 환심을 사기 위해
온갖 아첨과 아양을 떨게 된다.

— 애덤 스미스, **국부론**

욜로(yolo)라는 신조어는 요즘 심심치 않게 등장한다. '인생은 한 번뿐이다.'라는 You Only Live Once 영어 문장의 줄임말이다. 단 한 번뿐인 인생에서 세상의 중심에는 내가 있고, 보이지 않은 미래를 위해 열심히 저축하기보다는 현재 누릴 수 있는 행복을 위해 좀 더 투자하면서 즐기자는 것이다. 예전에 학창시절에 잊을 수 없는 영화 〈죽은 시인의 사회〉에서 '현재를 잡아라(Seize the day). 될 수 있으면 내일이라는 말은 최소한으로 믿으라.'는 말이 인상 깊었다. 그보다는 조금 더 소비하는데 초점을 둔 요즘의 삶의 방식이 반영되지 않았나 싶다.

끝이 보이지 않고 그 끝을 알 수 없는 삶은 힘들 수밖에 없을 것이다. 세 아이를 키우면서 반복되는 임신과 출산 더불어 끝이 보이지 않는 육아를 하면서 나는 이런 신조어를 검색하는 것마저도 사치라고 느껴왔다. 사람들 앞에서 말하는 내 모습, 문득 사진에 찍힌 내 모습, 그리고 거울에 비친 내 모습을 보는 것이 점점 어색해지고 있었다. 아이들을 학교나 보육기관에 보내고도 나는 여전히 나의 일정이 아닌 아이들의 일정 속에서 쳇바퀴 돌듯이 살아가고 있었다. 2월부터 시작된 각종 졸업식, 오리엔테이션, 3월까지 이어지는 입학식과 공개수업, 학부모상담과 같은 일정들을 어찌 어찌 소화해내고 나니 4월에 되었다. 맹자를 읽은 초등학생들이 학부모를 대상으로 '인문학 버스킹'이라는 제목으로 인문학 열린 강연을 한다는 것을 들었다. 어른인 나도 읽지 못한 맹자라는 책을 어린 학생들이 읽었다기에 신기하여 강연을 들으러 갔다.

강연 첫머리에 '인문학이란 무엇일까요?'라는 질문에 각자의 답을 써보라는 요청을 받았다. 나는 일상에서 옛 현인들과 함께 대화를 나누는 여행이라고 답을 써 붙였다. 다양한 사람만큼 다양한 답들이 나왔고 인문학에 대한 정의는 점점 더 뚜렷하게 다가왔다.

수석선생님은 지금 내 아이가 다니는 이 학교라는 곳에 대하여 내가 막연히 알던 학교와 다른 시각에서 설명하였다. 근대 학교의 목적은 산업사회의 일꾼이자 민주시민 양성이며, 서로 협력하고, 규칙, 시간, 약속 등을 지키도록 훈련을 하는 곳이라고 말이다. 극단적으로 말하면 규칙에 순응하고 지배자에 복종하도록 길들이는 곳이기도 하다는 것이다. 우리가 진정으로 힘써야 할 것은 이러한 학교 교육에 맹목적으로 따르기만 할 것이 아니라 자신의 삶을 스스로 이끌 리더 교육도 절실하다고 강조하였다. 그리고 리더 교육의 핵심이 바로 인문학 교육이라고 하였다. 인문 고전을 읽고 생각을 쓰고, 서로의 생각을 나누다 보면 창의적이고 자율적인 사람이 될 뿐만 아니라, 평생학습 습관이 생긴다고 하였다.

강의를 들으면서 이제 학교에 들어간 나의 아이를 산업사회의 부품과 같은 일꾼으로 만들어서는 안 된다고 다짐하였다. 하루가 다르게 변화하는 4차 산업혁명 시대를 잘 살아갈 수 있도록 생각하는 힘과 평생공부습관을 만들어 주어야 한다.

지금까지 나에게 학교는 고대 그리스의 파르테논 신전처럼 마땅히 숭배해야할 장소였다. 학교 교육을 가장 완전한 것으로 믿고 지금까지 아이에게 생각하기보다 순종하기를 강요한 것 같아 미안한 생각이 들었다. 이런 나에게 인문고전 강연은 새로운 도전을 하고 내 삶을 되돌아보라는 깊은 울림으로 다가와 나에게 질문을 남겼다.

첫 번째 질문은 '이제 1학년인 아이가 인문학을 알게 하려면 과연 어떤 책을 읽어야 할까?'이다. 아이가 무엇을 할지는 모르지만 뭐든지 할 수 있는 사람이 되기 위해서는 고전을 읽게 하라는 강연 내용을 바로 실천하기에는 너무 어린 것 같아서이다. 「아낌없이 주는 나무」부터 한 달에 한 권씩이라도 식탁에 올려놓고 오며 가며 읽고, 한 구절이라도 자신의 생각을 덧붙여 가족끼리 가볍게 이야기를 나누는 것부터 시작해보라고 한다. 가장 쉽고 단순한 한 가지만이라도 꾸준히 할 수 있도록 하는 것이 가장 중요하다. 책을 읽고 생각을 일기로 쓰는 것도 인문학을 시작하는 좋은 방법이다. 등 여러 가지 팁을 가르쳐 주었다.

그리고 내 아이가 아닌 바로 내가 직접 인문학을 읽고 쓸 기회, 바로 인문학동아리를 알게 되었다. 한 번뿐인 인생에서 내가 주인공으로 서는 순간이 다가온 것이다. 교문을 나서며 나는 인문학 동아리 4월도서 「국부론」을 주문하고 있었다.

보이지 않는 손으로 유명해서 교과서에서 이름만 들어 보았던 애덤 스미스의 국부론을 읽으려고 한다는 것 자체가 나에게는 하나의 도전이었다. 평소 내 삶을 되돌아보기 좋은 시간이 주로 창밖을 바라보며 설거지를 하는 때이다. 하지만 치열한 설거지가 끝나는 그 순간 내 생각은 기다렸다는 듯이 공중으로 산산이 흩어져 버린다. 어떠한 생각도 내 머릿속에 남지 않을 때, 나의 명상이 공상으로 변하는 것 같아 늘 허무했다. 이어지는 빨래, 청소와 같은 반복되는 일상에 의해 내 생각 또한 반복적으로 사라지는 것에 길들고 있다.

그런 나에게 나라의 부를 생각해 볼 기회라니. 상권만 하더라도 600페이지를 넘는다. 국부에 대하여 절반만 논하더라도, 이 책을 모두 읽지 못하더라도 책을 구매한 것만으로도 뭔가 새로워질 수 있을 거란 기대가 생겼다. 자신을 위해 소비하는 시대의 흐름에 발맞춰 나를 위한 책을 산다는 것만으로도 가슴이 설레었다.

때마침 세상을 바꾸는 5월의 장미 대선을 앞두고 나라의 앞날을 온 국민이 걱정하는 시기였다. 이 책을 읽으면 나라가 좀 더 잘 살고 부자가 되는 방법을 알 수 있을 것 같았다. 내가 하나라도 더 알고 도움이 되고자 하는 실용적인 생각도 했다. 나의 고민을 한껏 풍부하게 해 주고, 나의 사고 또한 풍부하게 해 줄 것이었다. 마치 내가 인문학을 알고 싶고 알려고 하니, 세상도 그런 나를 향해 미소 지으며 다가오는 것 같다.

모든 사람은 아니더라도 부자가 되고 싶지 않은 사람은 거의 없을 것이다. 나라 역시 마찬가지다. 부자가 되고 싶지 않을 나라가 있을까? 국부를 효과적으로 증진하기 위해 어떻게 해야 할까? 마음만 부자가 되고 싶다고 부자가 되지는 못할 것이다. 미국, 일본, 서구 유럽 국가들은 다른 나라에 비해 빠르게 성장하여 부자가 되었지만, 여러 아프리카 국가들은 빈국에서 탈출하지 못하고 몇 백 년이 흘러도 예전의 모습과 크게 달라지지 못하였다. 따라서 국부를 증대시키는 방법은 국부를 정의하는 것만큼이나 어려운 일이다. 국가가 무엇을 해야 하며 개인은 어떻게 해야 할까? 또 국가를 통치하는 대통령은 무엇을 해야 하는 걸까?

애덤 스미스가 살았던 때는 중상주의 시대이다. 무역이라는 이름으로 식민지 정책과 독점 무역회사가 난립하던 시대였다. 국부는 전 세계에서 금은보화를 모으던 당시의 경제사상을 비판하고 소비가 모든 생산의 유일한 목적이라 주장한다. 국부란 한 나라가 매년 국민이 소비하고 누릴 수 있는 총 노동생산물인 것이다. 다시 말해 왕실이나 곳간이 금은보화로 꽉 차는 것이 아니라 국민 개개인이 생산하고 소비하는 생활필수품과 편의용품들이 풍부하고 많으며 훌륭해야지만 진정 부유하다고 할 수 있다는 것이다. 국민이 얼마나 많이 생산할 수 있는가에 달려 있으므로 생산성 향상을 위해 분업과 시장 거래의 중요성이 등장하게 된다. 그리고 중요한 개념 중의 하나가 '보이지 않는 손'이다.

애덤 스미스가 강조한 경제철학은 국가적인 이익을 증진할 수 있는 범위 안에서 개인이 이익을 추구할 수 있는 자유와 원초적인 본능, 인간의 이기심도 존중되고 보장되어야 한다는 것이다. 개인에게 자신의 이익을 추구하기 위해 '보이지 않는 손'에 이끌려서 의도하지 않았던, 어쩌면 의도한 것보다 더 나은 목적을 달성할 수 있다고 한다. 개인의 이익이 자연스럽게 국가 전체의 이익으로 연결되는 것이다.

　나라를 부유하게 하고 싶다면 국가는 개인을 간섭하고 규제하는 것은 가능한 한 제한해야 한다. 치안과 국방이라는 최소한의 서비스를 훌륭하게 제공하고 또, 개인이 건설하고 유지할 수도 소유할 수도 없는 도로나 등대 등 공공재를 만드는 것이야말로 개인이 마음껏 이익을 생산하기 위해 국가가 해야 할 일이다.

　대통령 후보들이 TV토론에서도 가끔 자유 시장 경제에 맡겨서 선순환을 노린다는 말을 하는데 이러한 애덤 스미스의 '보이지 않는 손'을 바탕에 둔 표현인 것 같다.

　사물들이 자기의 자연적인 과정을 따르도록 방임(放任)되는 사회, 완전한 자유가 있는 사회, 그리고 모든 사람이 자기가 적당하다고 생각하는 어떤 직업을 완전히 자유롭게 선택하거나 자기가 적당하다고 생각할 때마다 완전히 자유롭게 직업을 바꿀 수 있는 사회에서는 적어도 위와 같을 것이다. 모든 사람은 자기 이익이 명하는 바에 따라 유리한 사업을 찾으려 하고 불리한 사업을 피하려고 한다.

　개인이 이익을 좀 더 효율적으로 생산하고 추구하기 위해 시작한 분업은 새롭고 다양한 직업을 탄생시킨다. 더 많은 사람이 더 생산적으로 일할수록 노동생산물이 증가할 수 있으므로 진정한 분업이야말로 노동생산물의 가치를 높이는 것이다. 오늘날과 같은 전문화된 사회는 더욱더 세분된 직업의 개념이 등장하는 것도 똑같은 효과일 것이다. 자동차를 디자인하는 사람, 자동차를 생산하고 조립하는 사람, 자동차를 판매하는 사람, 자동차보험을 담당하는 사람, 자동차를 수리하는 사람 등등 자동차라는 생산물을 효과적으로 이용하여 국가의 이익을 증대하는 것이 분업으로 가능하게 되는 것이다. 사회적으로 기술적인 분업이 넓고 깊게 진행될수록 노동생산성을 높이는 것이다. 애덤 스미스가 살았던 당시 영국에서 있었던 재봉사, 대장장이, 푸줏간 주인, 직포공, 기계공, 수공인, 오페라 가수, 복권판매자, 보험업자 등 다양한 직업에 대한 묘사도 등장한다. 애덤 스미스가 여러 가지 직업을 직접 경험한 것도 아닐 텐데 직업의 장단점을 시대 상황에 맞추어 상세히 서술한 것을 보면 그가 얼마나 뛰어난 관찰력으로 그 시대의 흐름을 살폈는지 알 수 있다. 각각의 직업을 가진 사람들의 심리마저도 꿰뚫고 있다.

애덤 스미스는 사회가 문명화되면서 자급자족하던 삶에서 각자 전문성을 가진 사회로 분업화된다고 말한다. 자신의 생산물과 사적 이익을 추구하는 사람들의 욕망에 의해 자발적인 물물교환 사회가 된다. 처음에는 곡식이나 광물로 만든 화폐를 사용하다가 종이 화폐, 즉 자본으로 이어진다. 이러한 자본의 흐름을 잘 파악해야 나라의 부, 사회적 이익을 증진하는 길을 알 수 있다.

노동에는 그것이 가해지는 대상의 가치를 증가시키는 노동이 있고, 그런 효과를 갖지 않는 노동이 있다. 전자는 가치를 생산하므로 생산적 노동(productive labour)이라 할 수 있고, 후자는 비생산적 노동이라 할 수 있다. 제조공의 노동은 일반적으로 그의 작업 대상인 원료의 가치에다 자기 자신의 유지비의 가치와 고용주의 이윤의 가치를 부가한다. 반대로 하인의 노동은 아무런 가치도 부가하지 않는다.(중략) 그러나 하인의 유지비는 결코 회수되지 않는다. 다수의 제조공을 고용하는 사람은 부자가 되지만, 다수의 하인을 유지하는 사람은 가난해진다. 그러나 하인의 노동도 가치를 지니며, 제조공의 노동과 마찬가지로 보수를 받을 자격이 있다.(중략) 반대로 하인의 노동은 어떤 특정대상이나 판매 가능한 상품에 고정되거나 제한되지 않는다. 그의 서비스는 일반적으로 수행되는 바로 그 순간 사라지며 나중에 동일한 양의 서비스를 획득할 수 있는 어떤 흔적이나 가치를 남기는 경우가 드물다.

제조공과 하인은 각각 생산적 노동자, 비생산적 노동자이다. 물론 이 외에도 다른 형태의 노동이 제시되고 있다. 그러나 이 두 분류는 지금 살아가고 있는 나의 처지에도 적용된다. 내가 매일같이 비생산적 노동을 하는 건 아닌지 아이를 낳고 양육하는 그 순간부터 우리 아이들, 그리고 가족들의 하인으로 사는 건 아닌지 생각을 해본다. 비생산적 노동자는 아무리 그들의 서비스가 유용하다고 하더라도 나중에 같은 양의 서비스를 획득하게 하는 어떠한 물건도 생산하지 못한다. 내가 1년 동안 육아노동에 투입한 효과로 다음 해의 육아노동을 구매하지 못하는 것과 같다. 그래서 애덤 스미스는 군주 밑에서 봉사하는 문무관, 성직자, 변호사, 의사, 배우, 오페라 가수 또한 비생산적 노동자로 부른다. 국가의 안전, 국방, 배우의 대사낭독, 음악가의 노래 연주 등은 생산되는 순간 바로 사라지기 때문이란다.

생산적 노동자는 비생산적인 사람들을 유지하는 것을 돕고 있다. 가정에서는 주로 생계유지를 위한 수입 대부분을 차지하는 남편이 생산적 노동자이고 아내는 비생산적인 노동자가 되는 것이다. 이런 생각을 따라가다 보면 비생산적인 노동자보다는 생산적 노동자가 더 중요하다는 느낌이 든다. 서비스 산업이 발달한 오늘날에는 물질적인 생산물과 정신적 생산의 가치에 우열을 매길 수 없음에도 말이다.

사람의 마음이야 지금이나 300여 년 전이나 비슷하다고 하지만 국부론은 그 옛날에 집필했다고 말하기 어려울 만큼 오늘날 우리 사회의 모습과 유사하다. 애덤 스미스가 지금 살아서 대한민국의 실상을 관찰한다면 청년실업과 저출산 문제를 해결해 줄 수 있을 것만 같다.

내가 원하는 하는 것을 나에게 주시오, 그러면 당신이 원하는 것을 가지게 될 것이오.

이 책에는 희곡의 대사처럼 신선하고 멋진 표현도 많다. 국부론은 어려운 경제학뿐만이 아니라 주관적이고 낭만적으로 읽을 만한 부분도 많은 책이다.

한 구절 한 구절마다 읽어내는 힘이 아직은 부족하고 이해의 깊이가 얕아서 공감과 전달하는 표현이 미흡하지만, 시작이 반이라 했던가. 나는 인문학과 함께 하는 시간을 통해 새로운 용기와 에너지를 얻고 있다.

우리가 이왕 글자를 배운이상 최고의 작품들을 읽어야 할 것이다.

국부론으로
세상을 바라보다

인간은 타인에게 인정받기를 바라기 때문에
인간은 자신의 감정과 행위를
타인이 인정할 수 있는 것으로 맞추려고 노력한다.
자신의 감정과 행위의 타당성을 재는 기준을 가지려면
우리는 공평한 관찰자를 인정하면 된다.
이 관찰자가 행하는 일이 바로 동감이다.

– 애덤 스미스, **도덕감정론**

우리는 삶의 대부분을 생계와 연결된 일을 하며 생을 마친다. 자본주의국가에 사는 우리는, 날마다 새롭게 쏟아져 나오는 물건에 감탄하면서 구매하거나 때론 지금 현재 가질 수 없는 현실에 절망하며, 가지기 위해 자신이 가진 자본, 노동을 끌어 모은다. 그런 가운데 우리는 또 다른 내일의 상품을 기대하면서 살아갈 것이다.

내가 사는 대한민국은 일제치하 전 조선왕조 5백 년의 강력한 왕권을 가진 유교 국가였다. 세계열강의 힘의 구도 속 일본 제국주의 야망으로 일제 치하를 겪은 대한제국은 우리의 힘으로 독립을 이루려 했지만, 세계 2차 대전 승전국들의 도움으로 독립을 하게 되었고 경제적 빈약국이었던 대한민국은 결국 UN의 도움을 받는 나라가 된다.

한반도라는 위치적인 상황으로, 우린 그 이후에도 6·25 전쟁을 겪게 되면서 2017년 현재까지 세계에서 하나뿐인 분단국가로 남아 있는 상황이다. 우린 1970~80년대 엄청난 노동력을 밑거름 삼아 1990

년대 경제성장 꽃을 피웠으나 길게 가지 못했으며 세계화라는 경제 개방 큰 물결 속에서 IMF 경제위기를 겪게 되었다.

하지만 그 이후로도 세계 경제 강대국들과의 교역과 거래 속에서 상호 의존도는 더욱 높아졌고 이 과정에서 직·간접적인 영향을 더욱 많이 받게 되었다. 세계 큰 흐름이라는 핑계로 무한한 관대와 호혜적 이해로 약한 나라를 원망하고 강한 나라를 부러워해 왔다.

이런 큰 물결을 거부할 수 없지만, 대나무가 폭풍 속에서 거친 숨결로 유연하게 살아 꿋꿋이 살아남듯이 우리나라도 더욱 거칠어지고 도도해지는 외세에 유연하게 대처할 힘을 가진 나라이면 좋겠다. 그리고 바람에 유연하지만 강한 '나'이고 싶다.

애덤 스미스가 「국부론」을 썼던 18세기는 산업혁명이 시작된 시기였다. 스미스는 왕이 절대적 권력을 누리던 정치체제에서 벗어나, 분업과 교환을 통해 많은 사람이 골고루 부를 가지길 원했다. 그러나 산업혁명과 시민혁명으로 경제 권력과 국가권력을 모두 가진 신흥 자본가계급이 등장하였고, 이들은 애덤 스미스를 악용하였다.

애덤 스미스는 '「도덕감정론」'에서 사회 질서를 이끄는 인간 본성이 무엇인가를 밝히려 했다.

인간은 타인에게 인정받기를 바라기 때문에 인간은 자신의 감정과 행위를 타인이 인정할 수 있는 것으로 맞추려고 노력한다. 자신의 감정과 행위의 타당성을 재는 기준을 가지려면 우리는 공평한 관찰자를 인정하면 된다. 이 관찰자가 행하는 일이 바로 동감이다.

애덤 스미스의 「국부론」은 신흥 자본가계급 편에 서서 그들을 옹호하지 않았다. 스미스가 원한 분배와 교환은 노동의 효율성을 높이기 위해 서로를 위해 신중하며, 신뢰를 바탕으로 분업하고 우리가 원하는 수준의 생활을 해 나가는 것이었다.

1970~1980년대 대한민국의 노동은 분배와 교환으로 열심히 일구었지만, 신뢰는 약했다. 좁은 다락방에서 여공들이 2시간씩 쪽잠을 자며 재봉틀을 돌렸지만, 생존권을 위협받기도 하고 실제로 목숨을 잃기도 하였다. 대관령 도로를 놓기 위해 농사를 짓다가도 하굣길에 공부를 미루고 해가 질 때까지 아버지를 돕고 남편을 도와 국가가 정해놓은 노동의 시간을 채웠다. 1998년 경제위기 이후 생긴 공공근로와 성격이 같지만, 국가를 위해 한 노동의 대가는 없었다. 국민의 대부분은 자신이 땀 흘려 열심히 일하고, 차곡차곡 돈을 모으는 것이 잘사는 것으로 알고 살았다. 나는 경제 교육을 받은 기억이 별로 없다. 개념을 이해하지 않고 외웠던 애덤 스미스의 '보이지 않는 손', 공급과 수요, 희소가치 등을 사회시간에 배웠다. 그리고 어른들께서 근면 성실하며 검소한 것이 여유롭게 살 방법이라 하였고 또 그리 배웠다.

그러나 「국부론」에서 애덤 스미스는 경제가 어떤 과정을 거치는지 기업이 올바른 분업과 교환을 하고 있는지 소비자로서 권리와 의무를 행하는지 배워야 한다고 얘기하고 있다.

또 애덤 스미스는 다음과 같이 말한다.

제조업자의 자본은 국내에 있을 경우에는 비교적 많은 자국의 노동을 가동시킬 것이다. 그러나 그것이 외국에 있을 경우에도 유용하다. 원료를 생산하는 사람들의 자본을 원료를 수출하는 상인이 보상하여 생산을 계속할 수 있게 한다. 그리고 영국의 제조업자는 그들 상인의 자본을 보상한다.

우리나라 사람 대부분이 세계대전으로 의료와 기술이 발달한 대표적인 국가로 독일과 일본을 꼽는다. 독일은 베를린장벽 붕괴로 통일된 국가이다. 서독과 동독의 통일이 정치적으로 완결되고 2019년에는 경제적으로도 완결될 것이라고 독일은 전망하고 있다. 수출 지향적 강소 중소 제조업 중심의 경제체제 속에서 저출산 고령화 문제로 고민하는 이들 국가와 우리나라는 사뭇 많이 닮았고 이런 관점에서 독일과 일본을 보며 그 해답을 찾았으면 한다.

파프리카 씨앗 하나를 800원에 일본에서 수입하여 우리나라에서 재배하여 다시 일본으로 재수출하고 있다는 기사를 언제가 본 적이 있다. 키운 정성의 부가가치와 운송비 등이 더해져 가격을 올려서 재판매하고 있다. 씨앗 개당 800원에 수입하여 비닐하우스에서 농사지어 수출하지만 씨앗을 가진 일본이 우리나라에 자신들의 상황을 내세워 수출하지 않으면 우리나라 농업 경제력은 사실상 국내에 있는 것이 아니다.

옥수수를 이용한 대체 바이오 에너지 개발이 급증하며 2007년 옥수수 가격이 상승하였고 옥수수를 주식으로 하는 개발도상국과 멕시코에 큰 영향을 주었다. 멕시코의 경우 주식인 또띠아 가격이 급등해 국민이 거리로 뛰쳐나와 시위를 벌이기도 하였다. 옥수수 전량을 수입에 의존하는 한국에서도 관련 식품과 사료 값이 많이 올랐다.

제조업자의 자본이 외국에 있을 경우에도 유용한 경우를 보여주고 있다.

하나 더 예를 들어 보면, 나이키는 임금이 싼 우리나라에 OEM(주문자상표부착방식) 하청을 두어 생산 가동하던 법인들이 임금이 지속적으로 오르고 노동법이 체계화되자 우리나라를 떠나 베트남, 인도네시아 등 동남아시아로 생산기지를 이동하였다.

칸트의 영향 때문일까? 독일의 근면함과 효율이 높고 강한 조직력이 부럽다. 우리나라 사람도 근면성과 효율성이 강하지 않은가? 위기의 상황에 뭉치는 강한 조직력도 있다. 다른 점이 있다면 독일의 중소기업들은 독일만의 특징을 가지고 있다는 것이다. 글로벌한 성공을 거두는 알짜 중소기업 이른바 '히든 챔피언(Hidden Champion)'이 많다는 것이다. 대부분의 중소기업들이 제조업에 치중되어 있는데 '마이스터'제도 즉 독일만의 장인정신이 성공 요인이다. 중요한 것은 중소기업이 글로벌로 확장하기 전에 원래 중소기업이 속해 있는 지역에서 경쟁력을 갖춘다는 것이다. 제조업자의 자본은 국내에 있을 경우에는 비교적 많은 자국의 노동을 가동시킬 것이다.

사실 그는 일반적으로 사회의 이익을 추구하고자 의도하고 있는 것도 아니고, 그가 얼마만큼 그것을 촉진하고 있는지도 알지 못한다. 국외의 근로보다는 국내의 근로를 유지하는 것을 선택함으로써 그는 그저 자신의 안전만을 의도하고 있는 것이고, 또 그 근로를 그 생산물이 최대의 가치를 가지는 방법으로 방향을 부여함으로써 그는 다만 그 자신의 이득만을 의도하고 있다. 이 경우 그는 다른 많은 경우와 마찬가지로 보이지 않는 손에 이끌려 그의 의도 속에는 전혀 없었던 목적을 추진하게 되는 셈이다.

전문가들은 1930년대 세계 대공황으로 애덤 스미스의 '보이지 않는 손(Invisible Hand)'이 언제나 제대로 작동하는 것은 아니라는 것을 사람들은 경험하였다고 한다. 산업혁명 이후 제국주의 국가들은 자국의 이익을 위해 산업혁명이 이루어지지 않은 국가의 노동을 착취하였다. 그런 과정에서 물건을 만들지만 살 수 있는 사람이 없고 더는 국가 안에서 경제난이 해결되지 않자 독일의 경우 아돌프 히틀러가 경제 해결의 열쇠가 되어 주리라 믿고 그를 강력히 지지하였다.

공장이 돌아가고 일당을 받기 시작하자 독일 사람들은 경제가 다시 살아난다고 믿으며 라디오에서 흘러나오는 아돌프 히틀러의 연설을 의심치 않았다. 물건을 만들었지만, 필요한 사람도 없고, 물건을 살 수 있는 사람도 없자 아돌프 히틀러가 선택한 방법은 전쟁이었다. 세계 2차 대전으로 아돌프 히틀러가 학살당한 유대인 수만 600만 명이다.

자연적 자유 : 개인이 자신의 상태를 개선하려고 자연스럽게 노력하는 것을 막지 말라는 의미. 사회 전체의 안정을 위협하는 몇몇 개인의 자연적 자유의 행사는 제한되어야 한다.
독점자가 자기의 이익을 추구하는 자연적 자유는 제한. 독점자의 사적 이익은 사회의 이익을 증진시키지 않기 때문에 '보이지 않는 손'은 작동하지 않게 된다. 사회 전체의 안정을 위협하는 몇몇 개인의 자연적 자유의 행사는 제한되어야 한다.

18세기 왕권시대 애덤 스미스는 이미 알고 있었던 모양이다. 산업혁명을 통해 부를 이룬 신흥자본가들이 자국의 이익을 위한 자연적 자유를 행사하여 사회 전체의 안정을 위협하는 독점자, 독재자로 변질되는 것을 우려했던 것은 아닐까?

견고한 민주주의와 경제력을 자랑하는 유럽의 여러 나라와 경제 강대국인 미국은 기나긴 시간 동안 관찰하고 다지고, 많은 이들의 아픔을 품고 새로움으로 실수를 되풀이하지 않기 위한 시간을 쌓아 견고한 자본주의와 좀 더 많은 다수를 위한 민주주의를 이루어 왔다.

그렇다고 우리나라가 안일하게 세월을 보낸 건 아니다. 애덤 스미스가 살았던 18세기, 조선의 왕은 정조였다. 짧았던 기간 동안 시도되었던, 새로움을 받아들이고 서자일지라도 능력이 탁월하면 인재로 등용하며 시장 활성화를 위한 개혁 등은 애석하게도 정조의 갑작스러운 죽음으로 만개하지 못하였다.

1894년 고종 31년 조선말 전라도에서 동학농민혁명이 일어난다. 사람으로 태어나 양반과 농민의 구분 없이 누구나 동등하게 살아가는 조선을 꿈꾼 농민들의 혁명이었다. 조선 왕실은 왕권을 지키고 강화하기 위해 청나라 군대를 끌어들였고, 이때를 이용해 호시탐탐 조선과 청나라를 넘보며 제국주의 물결을 타고 싶어 한 일본이 군대를 끌고 들어온다. 조선 왕실은 왕권을 유지하기 위해 외국의 군대를 불러들여 자국의 백성을 죽인 것이다. 순식간에 청나라와 일본의 싸움이 되어버린 청일전쟁으로 대한제국은 일제치하의 모욕적인 시간을 견뎌 내야 하는 어려운 상황에 처하게 된다.

세계 2차 대전이 끝나며 48년 일제치하도 끝나게 되지만, 이념분

쟁이 한창이던 시기에 한반도의 작은 나라는 한국전쟁의 소용돌이에 휩싸이게 된다. 이 기간 동안 500만 명이 죽었고 그 가운데 이념전쟁으로 인한 민간인 사상자도 많이 발생했다. 한국전쟁은 아직 끝나지 않았다. 휴전이다. 대한민국 사람이라며 누구나 알고 있지 않은가?

그렇다면, 대한민국의 자본주의는 어느 단계일까? 50년대 한국전쟁을 겪고 황폐해진 대한민국은 미국이 주도하는 국제 안보체제에 편입되어 가까스로 국가의 안정을 찾는 듯하였으나 60년대 군사쿠데타를 이어 30년 가까이 군부독재 등 가혹한 시간을 보낸다. 유럽처럼 긴 시간 자본주의 발전을 하며 사회혁명이 일어나 국가제도가 형성된 것이 아니라, 길게는 8년에서 짧게는 3년에 불과한 전쟁을 통해 대한민국이라는 국가가 만들어졌다.

대한민국은 서방국가의 민주주의처럼 시민의 혁명으로 이루어진 것이 아니다. 오히려 그 반대이다. 스스로 깨고 나오려는 시민사회를 국가가 인정하는 유일한 폭력으로 막아 왔다. 대한민국은 밖에서 시민사회의 틀을 마련해주었고 그 다음은 마침 이스트를 가득 넣은 밀가루 반죽이 오븐 안에 급속하게 부풀어 오르듯이 팽창하게 된 것이다.

경제교육을 제대로 받지 못한 나는 처음 「국부론」을 읽으며 혼란스럽고 적지 않은 불쾌감을 느꼈다. 결혼하고 바깥에서 일하는 남편을 대신하여 육아와 집안일 등 주부의 본업에 충실하였는데 「국부론」을 읽으며 '나는 자본이 축적되었는가?', '노동력의 대가를 정당하게 받았는가?' 라는 생각이 들었다. 애덤 스미스의 글을 읽고 개인적 기준이 아니라 사회적 기준으로 생각하게 된 것이다.

신흥자본가들이 애덤 스미스를 왜곡했듯이 「국부론」 상권을 처음 읽는 나 또한 애덤 스미스를 왜곡된 눈으로 바라보고 있었다. 애덤 스미스가 말하는 분업이란 사람 간의 존중과 배려, 신중함이 없으면 성립하지 않는다. 남편과 나도 신중하게 삶을 바라보며 서로 분업하고 있었다. 그로 인해 두 아이가 건강하게 자라 주었고 사치스럽지 않은, 더위와 추위를 피하는 보금자리에서 온 가족이 살고 있지 않은가?

그렇지만, 여전히 무언가 설명되지 않은 조바심과 공허함이 파도처럼 밀려왔다 사라지곤 한다. '경제학자가 될 것도 아닌데 「국부론」을 읽으며 이런 불편한 감정 왜 느껴야 할까?'라는 생각도 들었다.

자본과 수입의 비율은 어디에서나 근면과 나태의 비율을 결정하는 것 같다. 자본이 지배적인 곳에서는 근면이 우세하고, 수입이 지배적인 곳에서는 나태가 우세하다. 그러므로 자본의 증가와 감소에 따라 현실적인 노동량, 생산적 노동자의 수, 토지·노동의 연간생산물의 교환가치, 모든 주민들의 진정한 부와 수입이 증가하거나 감소하는 경향이 있다.

체감할 수 있는 자본은 한사람이 노동력을 가동 생산하여 진정한 부가 증가할 수 있을까? 근면의 사전적 의미를 찾아보니 부지런히 일하며 힘씀이다. 그렇다면 우리는 나태하지 않으며 근면하지 않은가?

자본은 절약에 의해 증가하고, 낭비와 잘못된 행동에 의해 감소한다.

절약도 하고 있다. 자고 일어나며 높은 가치와 화려함을 자랑하는 상품이 많지만, 정말 꼭 필요한 것만 사고 있다고 생각한다. 그렇다면 무엇이 문제일까? 큰 자본이 없어서 그런 것일까?

자본을 증가시키는 직접적 원인은 근면이 아니라 절약이다. 근면이 아니라 절약이 자본을 증가시키는 직접적인 원인이다. 사실 근면은 절약에 의해 축적되는 대상을 제공한다. 그러나 근면으로 무엇을 획득하든 간에 절약을 통해 저축하지 않으면 자본은 더 커질 수 없다.

지금 현재도 중요하지만, 대부분 사람들은 지금보다 나은 미래를 꿈꾸고 아이들의 건강한 미래를 바란다. 그래서 나와 남편은 배운 대로 근면 성실하게 살아왔고, 살고 있다. 조금은 부족한 듯 검소하게 생활하며 흔들리지 않고 유연하게 대처하길 바랐지만, 생각과는 달리 마음이 조급할 때가 많이 있다.

도시에서 산다는 건 생활하기 편하다. 아이들이 어릴 때 아프면 가까운 곳에 병원이 있고 생필품을 파는 슈퍼도 근처에 여러 곳이라 장보기 편하다. 한편으로 많은 사람이 모여 살고 상업화된 도시에서 생활한다는 것은 자신의 가치를 브랜드로 평가받는 것 같다. 서로의 가치를 알기 위한 시간이 부족하니 겉으로 드러난 모습으로 판단하는 것이다.

그렇게 생각하는 바쁜 도시인들이 혹은 현대인들이 틀린 것은 아니다. 다르게 생각하는 것이다. 인문고전 동아리에서 각자 읽은 구절의 생각을 나누고 같이 공감하며 때로는 같은 구절이지만, 다르게 생각할 수 있다는 것을 알게 되고 혼자 독단적인 사고에 빠지지 않을 수 있었다.

주변을 보게 된다. 나 아닌 다른 사람들은 어떻게 먹고 입고 사는지를 보게 되었다. 다른 사람들의 눈치를 보는 게 아니라 어떻게 다른지를 보게 되었다. 다른 것이 틀린 것은 아니다. 이런 생각이 정리 되는 시기에 「국부론」을 읽으며 도시에서 살면서 사치하지 않고 꾸밈없이 수수하게 사는 것은 어렵구나 싶다. '나은 미래를 위해 함부로 쓰지 아니하고 꼭 필요한 데에만 쓰는 것이 맞다.'는 나의 가치관이 흔들리기 시작하였다. 절약만이 답이 아니라는 것을 생활 속에서 느끼기 시작하였다. 어쩌면 나의 성숙도가 아직 익지 않아서 그럴지도 모르겠다.

다산 정약용은 자식들에게 근검을 강조하였다.

근(勤)이란 오늘 할 수 있는 일을 내일까지 기다리지 말고, 아침에 할 수 있는 일을 저녁까지 기다리지 말며, 맑은 날에 해야 할 일을 비 오는 날까지 끌지 말아야 한다는 뜻이야. 검(檢)이란 아끼라는 뜻이고. 입고 먹는 일에 돈을 함부로 써서는 안 돼. 옷은 몸을 가리기만 하면 되는 거고, 음식은 허기만 면하면 되는 거니까.

큰 아이가 초등학교를 입학하고 문구점을 알게 되고 물건 사는 재미를 알게 되었을 때 다산 정약용의 근검 내용을 코팅하여 붙여두었다. 아이가 오백 원, 천원의 용돈으로 사 오는 물건들은 튼튼하지 못했지만, 지금 생각해보니 큰아이에게 문구점은 아이에게 신기하고 즐거움을 주는 곳이었다. 나는 나름 경제관념을 심어준다고 생각하였지만, 실상은 내가 배운 대로 나은 미래를 위해 함부로 쓰지 아니하고 꼭 필요한 데에만 쓰는 절약을 아이에게 가르치고 있었다.

유행에 따라 물건을 사지만, 자기에게 주어진 돈으로 원하는 물건을 사는 방법과 물건의 가치를 판단할 수 있는 대화를 많이 하였으면 좋았을 것을. 자식을 위한다는 생각으로 엄마의 잣대로 물건의 기준에 관해 이야기 해주고 아이에게 그 기준을 심어주려고 했다.

돈을 쓰는 방법을 알았을 때 근검을 이야기하고 큰 아이의 생각을 들어보았으면 더 좋지 않았을까? 우리 집 아이들에게 내가 아껴 쓰는 것은 자린고비처럼 돈을 쓰지 않으려 한 것처럼 보였으리라. 합리적인 소비를 위한 방법을 알려주고 가치관을 가질 기회를 자주 가졌다면 좋았을 것을, 여러모로 아쉽다.

내구상품에 지출하는 개인은 부패하기 쉬운 상품에 지출하는 개인보다 더 부유해질 것이다. 개인의 수입은 곧 소비되어 버리는 것. 즉 한 날의 지출이 다음 날의 지출을 줄여주지도 못하고 대체해 주지도 못하는 것에 지출될 수 있다. 또는 내구적이어서 축적될 수 있는 물건, 즉 그 날의 지출이 다음 날의 지출을 줄여주거나 대체해 주고, 그리고 다음날의 지출 효과를 높여주는 것에 지출될 수 있다. (중략) 내구재에 지출하는 사람의 장엄함은 계속 증가할 것이고, 매일의 지출은 그 다음날의 지출효과를 보조하고 높이는 데 이바지할 것이다. 반대로 곧 소비되어 없어지는 물건에 지출하는 다른 한 사람의 장엄함은 한 기간이 끝날 때도 처음보다 결코 커지지 않을 것이다. 또한 그 기간이 끝날 때 전자의 사람이 둘 가운데 더 부자가 되어 있을 것이다. (중략)

그러나 이상의 나의 모든 설명들로부터, 내구재에 대한 지출은 곧 소비되어 없어지는 것에 대한 지출보다 항상 더 너그럽고 후한 정신을 나타낸다는 것으로 이해되어서는 안 될 것이다. (중략) 내가 말하고자 하는 것은, 어떤 종류의 지출은 항상 가치 있는 상품을 어느 정도 축적시키고, 개인의 절약에 유리하며, 따라서 사회의 자본을 증대시키며, 비생산적 노동자보다 생산적 노동자를 유지하므로, 다른 종류의 지출보다 국부의 성장에 더 많이 기여한다는 것이다.

18세기 애덤 스미스가 합리적인 소비에 관해 이야기 해 두었다. 다산 정약용의 근검 정신은 몸에 배 있어야 할 기본 습관이고 애덤 스미스의 합리적인 소비를 하면 된다. 아직 늦지 않았다. 지출의 효과를 보조하고 높이는 합리적인 소비를 가족들이 함께 실천하면 된다. 가치 있는 상품을 축적하는 것은 처음부터 어려울 것이다. 내구 상품에 지출하여 부패하기 쉬운 상품에 지출하는 횟수를 줄여 더 나은 미래를 준비하여 본다.

낭비는 우리들의 생활 상태를 더 좋게 하려는 욕망보다는 일시적이고 돌발적인 것이다. 낭비에 관해 말하자면, 소비를 촉진하는 행동원리는 현재의 즐거움을 추구하려는 욕구이다. 그것은 비록 때로는 강렬하여 자제하기 어렵지만, 일반적으로는 다만 일시적이고 돌발적인 것이다. 그러나 저축을 촉진하는 행동원리는 우리의 상태를 더 좋게 하려는 욕망이고, 일반적으로는 조용하고 열정적이지 않지만, 태아 적부터 가지고 있는 것이고, 무덤에 묻힐 때까지 우리 곁을 떠나지 않는다. 태어나서 죽을 때까지의 기간 전체를 통해 사람이 어떤 변경이나 개선을 희망하지 않을 정도로 자기의 처지에 완전히 만족하는 순간은 아마 한 번도 없을 것이다. 재산의 증식은 대부분의 사람들에게는 자신의 처지를 개선하려는 수단이다. 그것은 가장 통속적이고 가장 분명한 수단이다. 그리고 그들의 재산을 증식시키는 가장 확실한 방법은 그들이 획득하는 것의 일부분을 항상 그리고 해마다, 또는 어떤 특별한 경우에, 저축하고 축적하는 일이다. 그러므로 낭비의 행동원리가 특정 시기의 거의 모든 사람들에게 그리고 거의 모든 시기의 특정인들에게 우세할지라도, 대부분의 사람들에게는, 전 생애를 평균해 보면, 절약이 행동원리가 우세하며, 더구나 아주 대단히 우세하다.」

시대가 바뀌었지만, 사람이 살아가는 큰 틀은 바뀌지 않았나 보다. 18세기 사람들이나 지금 21세기 사람들 모두 지금보다 나은 미래를 꿈꾸고 자식의 건강하고 밝은 미래가 보장되고 재정적으로 튼튼한 미래를 보내길 바라는 마음은 크게 바뀌지 않았다는 것을 애덤 스미스의 글을 통해 알 수 있다.

우리나라 속담에 '개같이 벌어서 정승같이 산다.' 는 말이 있다. 돈을 벌 때는 천한 일이라도 하면서 벌고 쓸 때는 떳떳하고 보람 있게 쓰라는 말이다. 버는 것만큼 쓰는 것도 중요하다. 돈을 쓰지 말라고 자제만 시키면 가지고 싶은 욕구가 솟아오를 것이다. 어른도 자제하기 어려울 만큼 좋은 상품들이 쏟아져 나오니 말이다.

지금의 자본주의는 소비하게 하는 구조이다. 소비하여야 자본주의가 유지되니 쉼 없이 유행이 바뀌는 듯 느껴진다. 불필요한 소비를 줄이고 남에게 보이기 위한 소비 즉 낭비하지 않고 어떻게 쓰는 것이 합리적인 소비인지 마음을 넉넉하게 하여 아이를 지켜보는 시간도 필요하다.

본인의 돈으로 상품을 사 써 보는 경험을 하여야 상품의 장·단점을 알 수 있고, 함부로 쓰지 아니하고 꼭 필요한 데에만 써서 아끼기만 하고 쓰지 않는 것이 아니라 내구성이 뛰어나고 나에게 가치 있는 상품을 합리적으로 소비할 수 있는 기준이 세워질 것이다.

또한 오늘 할 일을 내일로 미루지 않고 집안 식구로서 각자의 역할을 나누어 자기 방은 스스로 정리하고, 식사 준비를 할 때 가족들의 수저를 챙기는 아이가 자라 성인이 되었을 때 자연스럽게 근면이 몸에 배 있을 것이다.

자본을 증가시키는 직접적 원인은 근면이 아니라 절약이다. 절약이 자본을 증가시키는 직접적인 원인이다. 사실 근면은 절약에 의해 축적되는 대상을 제공한다. 그러나 근면으로 무엇을 획득하든 간에 절약을 통해 저축하지 않으면 자본은 커질 수 없다.

나은 미래를 위해 함부로 쓰지 아니하고 꼭 필요한 데에만 쓰는 절약이 잘못되지 않았다고 애덤 스미스가 나를 토닥였다. 부지런히 일하여 힘쓰는 근면만으로 자본을 증가시킬 수 없다. 근면이 필요 없다는 것이 아니다. 나태함은 부를 감소시킨다. 몸에 밴 근면함은 자본을 축적하는 대상을 제공한다.

자본의 증가는 절약을 통해 저축하여 아이가 성인이 되어 자신의 인생을 살 때 필요한 초기 자본금을 키우는 것이다. 20년 전처럼 은행에 저축한다고 하여 높은 이자를 기대할 수 없는 지금이지만, 저금통보다 안전하고 돈이 모이고 나가는 것을 한눈에 볼 수 있는 장점을 아이도 직접 경험할 필요가 있다. 돈에 관심을 가지고 돈의 가치를 아는 것이 자린고비가 되는 것은 아니다. 돈의 가치를 알게 되면 소중한 사람들과 함께하는 즐거움을 위한 지혜로운 소비도 할 수 있을 것이다. 지금도 늦지 않았다. 지혜는 그냥 얻어지는 것이 아니라는 것을 되새김해 본다.

시대에 따라 소비패턴이 바뀌지만, 4차 혁명 AI시대 다양한 사람들처럼 여러 유형의 소비패턴이 있다. 요즘 욜로(YOLO) '인생은 한 번 뿐이다'를 뜻하는 You Only Live Once의 앞 글자를 딴 용어로 현재 자신의 행복을 가장 중시하여 소비하는 태도를 말한다. 미래 또는 남을 위해 희생하지 않고 현재의 행복을 위해 소비하는 삶의 방식이다. 욜로 족은 내 집 마련, 노후 준비보다 지금 당장 삶의 질을 높여줄 수 있는 취미생활, 자기계발 등에 돈을 아낌없이 쓴다. 단순한 충동구매가 아니라 자기발전을 위해 쓰기 때문에 낭비와는 다르다고 한다.

욜로 족과 다르게 '돈을 안 쓴다'는 뜻으로 `노 머니`(No Money) 족이 있다. 청년 실업난과 저성장 등으로 젊은 층의 소비력이 위축되면서 자연스레 주목받았다. 최근 젊은 층을 중심으로 소비습관이 양극화하는 분위기가 감지된다. 저성장이 일상화된 데다 미래가 불투명해지면서 청년들이 미래준비를 포기하고 있는 돈을 다 소비하거나 반대로 소비를 극단적으로 멀리한다는 분석이다.

누가 옳고 그름의 문제가 아니라 과도한 욜로 족은 과소비를, 죽을 힘을 다해 안 쓰는 노 머니 족은 경기침체를 부채질할 우려도 있다. 무엇이든 한쪽으로 치우친 과함은 부작용이 따른다.

지금 우리나라는 서로에 대한 믿음으로 존중하고 배려가 필요하다. 1970~80년대 대한민국처럼 신뢰가 없는 시장이 가능하다고 생각해선 안 된다. 시장을 유지하는 것은 분업과 교환 즉 사람 간의 존중과 신중함이 없으면 성립하지 않는다. 우리는 서로 분업하고 교환하지 않으면 우리가 원하는 수준의 생활을 해나가기 어렵다. 내가 먹고 마시고 쓰는 모든 것들이 분업과 교환의 결과이다. 분업은 상대방에 대한 높은 신뢰도를 바탕으로 이루어져 있고, 상대방에 대한 신뢰도는 서로가 배려하고 존중한다는 뜻이다.

자발적인 자원봉사와 가난한 사람들에 대한 자선 활동이 많은 나라를 보면 대부분 원숙한 자본주의 국가들이다. 대한민국은 중간 단계 정도의 자본주의에 있다고 한다. 지난 70년간 달려온 경제 발전은 이제 원숙한 단계로의 진입을 요구하고 있다. 우리는 비즈니스라고 하면 다른 사람을 속이거나, 강한 자가 약자를 괴롭혀 성과를 이루어 내는 것으로 생각한다. 하지만 다수는 정의롭지 않은 기업을 원하지 않는다.

최근 논란거리가 되었던 프랜차이즈의 횡포를 비판하는 목소리와 함께 소비자들은 불매운동을 하였다. 임금을 주지 않는 회사, 원재료 값을 아끼려 브라질산 닭고기를 국산으로 속이고 판 패스트푸드점, 우유 계란 대신 식용유를 듬뿍 넣어 만든 카스테라, 싼 가격에 닭을 사 높은 가격에 파는 기업, 소비자를 속이고 봉사하지 않는 기업은 평판이 나빠지고 매출은 하락하고 주가도 급락한다.

소비자를 존중하지 않으면 안 되는 체제가 시장 경제 체제다. 서로에 대한 존중과 배려로 이루어진 시장을 훼손시킨 이 기업과 사업자들은 오래 견디지 못한다. 비즈니스의 기본은 소비자를 존중하는 것이다. 소비되어야 유지되는 자본주의에서 소비자를 존중하는 기업만이 이윤을 볼 것이다. 높은 이윤을 추구하기 위해 소비자를 기만하고 속이는 기업은 시장에서 살아남기 힘들다.

기업이 어떤 과정을 통해 소비자 존중을 발휘하는지 모르면 대부분 사람들은 지금처럼 불신과 불만만 품게 된다. 계약을 잘 지키겠다는 믿음과 신뢰가 당사자들 간의 약속을 어기지 못하게 만든다. 나와 남편의 분업이 잘 되어 있다는 건 서로에 대한 배려와 존중감이 높다는 것이다. 나에 대한 자부심을 가져도 된다.

올바른 소비를 위하여 필요한 소비자의 역할에 대해 우리나라에선 교육하지 않는다. 현재까지 우리 각자는 시행착오를 경험하면서 이를 학습하고 경험해 가는 중이다. 우리나라는 경제가 급성장한 뒤 1988년 서울 올림픽을 계기로 기본적인 사회경제적 질서를 정돈하고 최소한의 국가적 체면을 차리게 됐다는 점을 익히 알고 있다.

고정적인 생업이 없으면서도 항상적인 마음을 지니는 것은 오직 선비만이 할 수 있습니다. 일반 백성의 경우는 고정적인 생업이 없으면 그로 인해 항상적인 마음도 없어집니다. 만일 항상적인 마음이 없다면 방탕하고 편벽되고 간사하고 사치스러운 행위를 하지 않음이 없을 것입니다. 백성들이 죄에 빠지는 데 이른 이후에 그것을 좇아서 형벌에 처한다면, 그것은 백성들을 그물질해 잡는 것입니다. 어떻게 어진 사람이 임금의 지위에 있으면서 백성들을 그물질해 잡는 짓을 할 수 있겠습니까? 그러므로 밝은 왕은 백성들의 생업을 제정해 주되 반드시 위로는 부모를 섬기기에 충분하게 하고 아래로는 처자를 먹여 살릴 만하게 하여, 풍년에는 언제나 배부르고 흉년에도 죽음을 면하게 합니다. 그렇게 한 후에 백성들을 몰아서 선한 데로 가게 하므로 백성들이 따르기가 쉽게 됩니다.

지금은 백성들의 생업을 제정해 주되 위로는 부모를 섬기기에 부족하고 아래로는 처자를 먹여 살리기에 부족하여, 풍년에는 내내 고생하고 흉년에는 죽음을 면하지 못하게 합니다. 이래 가지고서는 죽음에서 자신을 건져 낼 여유조차 없는

데 어느 겨를에 예의를 익히겠습니까?

　맹자는 '도덕은 먹고 살 때 나온다.'는 항산(恒産)과 항심(恒心)을 강조했다. 먹고살 만한 지금, 기업은 계약을 잘 지키고, 소비자를 높은 이윤 추구 목적으로 보는 것이 아니라, 소비자에 대한 항산(恒産)적인 마음이 지금 당장 필요하다. 즉 기업은 믿고 살 수 있는 물건을 더욱 좋게 만들고, 정당한 가격에 이를 교환할 수 있도록 거래하는 것이 바람직하다.

　지나온 역사를 보면 우리나라가 처한 지금의 상황이 여전히 과도기인 듯하다. 바깥에서 보면 북한과의 격한 대립과 격랑 속에서 전쟁의 위험으로부터 안전하지 않은 나라이고, 안으로는 빠른 속도로 노령화와 저출산이 진행되고 있고, 저성장으로 경제의 활력과 동력을 잃어가고 있으며 일자리 부족으로 전 세대에 걸쳐 실업과 경제적 불확실성이 높아지고 있다. 더욱이 젊은이들은 미래가 불안정하여 아이를 키우기 어려운 시대가 되어 버렸다.

　우리는 최첨단 IT기술로 무장된 전자기기의 등장으로 급속도로 무의식적으로 정신이 침해받고 있고 이로 인해 생활 방식의 급격한 변화로 어린 자녀들과 대립 아닌 대립을 하며 갈등이 증폭되는 일이 일상이 되어 버렸다. 이뿐만 아니라, 세대 간의 소통에 많은 어려움을 느끼며 불신과 번민 속에서 살아가고 있다.

　"우리 아이 사춘기가 빨리 찾아왔다고." 우리는 스스로 생각하면서도, 자식들의 사회생활을 하며 적응하고 자연스럽게 성장하고 있는데 불구하고 나의 기준에 아이를 놓고 맞추려 하는 부분도 있다는 것을 좌충우돌 갈등하면서 시간이 갈수록 깨닫게 되었다.

최근 모 언론사 신문기사에 따르면 IT강대국 대한민국에서 초등학교를 입학하며 87%가 가까운 초등학생이 스마트 폰을 가지게 된다고 한다. 지금까지 '스마트폰을 소지하게 되면 지능지수가 떨어진다.' 는 소아정신과 전문의 신의진의 의견과 자식에게 부정적 영향을 최소화라는 명제 하에 최대한 스마트폰과 멀리 떨어진 생활을 하려 하였다. 그러나 아들의 초등학교 학급의 작은 사건을 계기로 자식의 자존감과 동질감을 위해 나와 남편은 다른 시각과 관점에서 보게 되었고 우리의 의식 변화로 최근 큰아들에게 스마트 폰을 마련해 주었다. 스마트 폰을 사주지 않아 부딪치는 문제점을 해결하려 했듯이 스마트 폰을 소유함으로써 부딪치는 문제점을 생활 속에 해결해 나가보려 한 것이다.

작년 12월 책을 자주 구매하는 알라딘과 예스24에서 지난 1년 동안 내가 구매한 종류의 책과 금액을 분석하여 문자가 왔었다. 이미 생활 깊숙이 들어오고 있는 AI는 자료를 수집·분류하여 소비자의 패턴을 파악하기 시작했다. 세계문화유산 팔만대장경이 있고 조선왕조실록이 있는 우리나라는 오랜 침략과 아픈 동족 상간의 전쟁 그리고 민주화를 위한 투쟁의 시간 속에 잃어버린 자료를 수집하고 분류하여 분석하는 뛰어난 능력을 다시금 찾아 이미 나의 소비패턴을 수집·분석하여 소비를 권하는 새로운 자본주의 빅 데이터 기반 AI(인공지능)과 제4차 산업혁명을 우리가 유심히 지켜봐야 하는 이유다.

앞으로의 미래를 유연하게 적극적으로 대응하기 위해서 우리와 우리의 자녀들은 자료를 수집·분석하여 체계화하고 매뉴얼을 만들어

훈련하여 관리하는 방법을 강구하고 교육해야 한다. 불안해하지 말자. 지금까지 배우고 습득한 교육으로 미디어를 통해 나오는 지식을 주는 그대로 습득하고 판단할 것이 아니라 문제와 현상을 사실 기반으로 제대로 인식하고 문제 자체에 대해 의문제기를 하고 그것이 올바른 접근법인가에 대한 의문을 고민하고 생각하는 것이 바로 지식인이 실천할 부분이다.

노동을 통한 소득으로 자본에서 나오는 소득을 따라가는 게 불가능한 상황이 되어 버렸다. 이는 서울 강남을 중심으로 한 부동산 불패 신화와 아이들의 장래 희망 사항 상위에 부동산 임대업자가 꾸준히 오르는 현실은 이러한 씁쓸한 작금의 현실을 반영하는 것으로 생각한다.

큰아들이 청소년기를 보내는 앞으로의 10년은 지금보다 사회의 빈부 격차가 훨씬 벌어져 있을 것이다. 이를 해결하는 것은 대단히 중요하다. 소득의 불평등은 사회적 갈등과 비용을 초래하게 되고 궁극적으로 대한민국 국민 모두의 잠재적 안녕과 평화를 담보하지 못하게 되는 결과를 낳게 되는 것이다.

또한, 외국에서 본 우리나라의 큰 위험요인인 북한의 핵미사일 개발로 우리의 안보가 심각한 수준까지 위협받고 있으며 전쟁 직전 수준까지 그 위기감을 끌어 올리고 있다. 북한은 독일 통일처럼 흡수 통일되는 것을 바라지 않고 있고 체제보장과 영속을 희망하고 있다.

20년간 서독이 외교적으로 노력을 기울여 주변 국가들과 신뢰관계를 구축한 점을 우리나라도 벤치마킹 할 필요가 있다. 찾아보면 다른 방법도 많이 있을 것이다. 통일이 가능해진 시점에 유럽 지역의 강대국과 이웃 국가들이 독일 통일을 지지하도록 하였다. 서독이 주도권을 쥐고 나중에 통일을 이룰 수 있는 기반을 마련한 것이다.

통일의 필요성을 못 느끼는 사람, 불안한 미래를 바라보고 있는 '82년생 김지영' 책에서는 우리에게 세대 간의 소통을 적극적으로 권고하고 있다. 내가 옳다고 주장하는 것이 소통이 아니다. 서로 다름이 틀린 게 아니라 다름을 아는 것이다. 다름을 인정하면 상대방을 배려하게 되고 존중하게 된다.

쉽지 않은 듯하지만, 시작이 중요하지 않을까? 바람이 늘 같지 않다는 것을 우린 안다. 태풍의 중심에 서 있으면 고요하다고 한다. 바람의 끝에서 흔들리지 말고 중심으로 들어가 바람에 몸을 맡긴 대나무처럼 흐름을 느끼는 것. 어렵지만 이제 시작해 보려 한다.

장남이 제사를
모셔야 할까?

법률이라는 것은 종종
그것을 만들어내고 합리화할 수 있었던 상황들이
사라진 뒤에도 오랫동안 효력을 발휘한다.

– 애덤 스미스, **국부론**

우리나라에서는 언제부터 장남이 제사를 지내게 되었을까?

고려시대까지는 부계와 모계가 공존하는 양계사회로 남녀가 평등하였으므로 재산 상속, 부모 봉양 모두 남녀 구분 없이 균등하게 부과되었다. 15세기 초 성리학 이념에 따라 조선을 건국하면서 정치적 안정과 경제적 질서를 세우고자 장자에게 모든 것을 물려주는 부계사회로 변혁을 시작하였다. 그러나 사람들의 관습은 쉽게 바뀌는 것이 아니어서 200여 년이 지나고 임진왜란 이후가 되어서야 장자상속, 종손계승 등 부계 중심 관행이 확립되었다. 이후 300여 년간은 장자가 모든 재산을 물려받고, 조상의 제사를 지내며 집안의 중심이 되는 강력한 부계사회가 계속되었다.

법률이라는 것은 종종 그것을 만들어내고 합리화할 수 있었던 상황들이 사라진 뒤에도 오랫동안 효력을 발휘한다.

애덤 스미스의 말처럼 상황이 변하고, 법이 바뀌어도 장남이 조상 제사를 모시는 일은 계속되고 있다. 장자에게 몰아주던 재산상속법은 1960년부터 바뀌기 시작하여 1990년에는 완전히 균등하게 되었고, 2008년 호적제도의 폐지로 장자가 집안의 모든 권위를 물려받아 집안의 대표로 군림하던 호주승계도 사라졌다. 따라서 가족 내 신분상의 질서에 따라 기재되던 호적등본이 평등한 가족관계를 나타내는 가족관계증명서로 대체되었다. 장남 중심, 장유유서의 풍습으로 부계사회의 권위를 지키며 살아온 부모세대와는 달리 법률로 정해진 균등상속과 남녀의 평등을 당연시하는 자식 세대가 공존하는 상황에서 남은 문제는 부모 봉양과 제사의 의무이다.

장남에게 몰아주고 의지하려는 부모, 공평한 재산 분배를 원하는 자식들, 책임만 남고 권리는 사라진 장남의 고민, 산업사회의 핵가족 중심 문화 등 각각 다른 가치관이 충돌하고 있다.

장자상속법은 왜 생겼나?

장자상속법은 동양과 서양이 거의 비슷한 이유로 시작되었고, 사라진 이유 역시 크게 다르지 않다.

토지가 동산과 같이 생활, 향락의 수단으로만 간주될 때는 상속에 대한 자연법은 토지가 가족의 모든 자녀 사이에 분할될 것을 요구한다. 모든 자녀의 생활문제는 아버지에게는 똑같이 중요하기 때문이다. 상속의 자연법은 로마인들 사이에서 생겨났는데, 그들은 우리가 동산의 분배에서 하는 것처럼 토지의 상속에서 남녀노소의 차별을 두지 않았다.

그러나 토지가 생존수단만이 아니라 힘과 보호의 수단으로 간주될 때는, 토지를 나누지 않고 한 사람에게 물려주는 것이 낫다고 생각되었다.

농경사회에서 토지는 다른 사람들에게 경작권을 주고 지대수입을 얻을 뿐만 아니라 그 토지를 기반으로 살아가는 사람들 위에 군림하며 권력을 행사할 힘의 원천이었다. 토지의 크기가 힘의 크기와 비례함을 알게 된 순간부터 사람들은 상속으로 권력이 분할되고 약화되는 것을 막으려고 한 사람에게 몰아주는 방법을 선택하게 되었다. 서양의 군주나 조선시대 왕위가 장자상속으로 계승된 것도 역시 권력의 분할을 막으려는 노력이었다. 조선시대 양반들은 토지를 기반으로 가문의 힘을 키우고, 가문의 힘을 이용해서 나라의 고위직, 명예직에 진출하여 권력을 휘두를 수 있었다. 유럽의 귀족들 역시 서로 네트워크를 형성하여 그들만의 리그로 권력과 영예를 독점하였다.

군주국의 힘, 안전보장이 분할에 의해 약화되지 않도록 하기 위해서는, 자녀들 중에서 오직 하나에게만 왕위를 물려주어야 한다. 그들 중에서 누구에게 우선권이 주어질 것인가는 어떤 일반적인 규칙에 근거해 결정되어야 한다. 그리고 이 규칙은 개인적인 장점과 같은 의심스러운 특징들에 의거해서는 안 되고, 논란의 여지가 없는 분명하고 명백한 차이에 근거해야 한다.

개인적인 장점과 같은 의심스러운 특징이 아니라 누구나 인정할 수 있는 객관적이고 명백한 특징으로 선택된 것이 여성보다 남성, 같은 조건일 경우 연장자, 즉 장자상속으로 귀결되었다. 이처럼 신분사회에서 개인의 능력은 장점이 될 수 없었고 오직 출신 성분이 중요했기 때문에 조선시대 양반들은 개인의 이름보다 출신 가문을 먼저 물었다.

"어디 강씨인고? 본이 어디인고?"

1895년 갑오개혁으로 양반제도가 폐지된 지 120년도 더 지났다. 그러나 아직도 어른들은 첫 만남에서 출신 성분을 묻고 가문을 확인하는 습관이 있다. 몇 백 년 전에 죽은 조상의 힘을 아직도 확인하는 어른들을 볼 때마다 풍습은 쉽게 바뀌지 않음을 실감한다.

가문의 영예라고 하는 프라이드를 유지한다는 점을 제외하면 현재(애덤 스미스가 국부론을 발간한 1776년 무렵) 이는 불합리한 제도이다. 한사람을 부자로 만들기 위해 나머지 모든 자녀를 거지로 만드는 이 제도보다 더 가족 전체의 진정한 이익에 반대되는 것은 있을 수 없다.

유럽의 여러 군주가 장자상속제도를 유지하는 동안 차남으로 태어난 왕자들은 백마를 타고 장가들 곳을 찾아 떠돌아다녀야 했고, 공주들은 신랑감이 될 왕자들을 불러들일 파티를 열었다. 우리가 어린 시절 동화책에서 보았던 백마 탄 왕자들이 사실은 장자상속제도의 피해자들이었다.

화려한 드레스로 자신을 치장하고 유리 구두를 신고 춤추던 신데렐라에게도 파티는 절박한 생존 현장이었다. 딸의 발가락을 잘라서라도 유리 구두를 신기려 애썼던 신데렐라 계모의 극단적인 행동도 조금은 이해가 된다. 내가 어린 시절 마음 설레며 읽었던 아름다운 이야기 속에 이렇게 슬픈 현실이 숨어있었다.

중소 귀족들의 풍습도 크게 다르지 않았다. 그들은 결혼할 나이가 되면 당사자뿐만 아니라 그 부모들까지도 매일 밤 열리는 파티에 참석하여 짝을 찾는 고역을 감내해야 했다. 높은 가문에서 열리는 파티 초대장을 받는 것이 부모의 능력이자 중요한 업무였고, 이들에게 파티는 결혼박람회장 또는 취업박람회장이 되었다. 그곳에서 성공적인 결혼으로 생존 문제를 해결하지 못하더라도 또 다른 파티에 초대해줄 친구들을 만날 수 있었고, 장교나 성직자로 취업하는 기회를 얻을 수도 있었다.

「오만과 편견」, 「제인 에어」 같은 소설 속에 등장하는 여성들을 생각해보라. 그녀들이 파티에 초대받을 경우, 파티에 참석하기 위한 옷 준비, 초대 손님에 대한 사전 정보 수집하기, 파티에 참석하기, 파티 후 남자들 품평하기 등 파티 전 활동, 파티 중 활동, 파티 후 활동으로 얼마나 바쁜 시간을 보내는지.

파티를 열거나 남의 파티에 참석하는 일로 일생을 보낼 형편이 못 되는 「제인 에어」는 가정교사로 취직해 자립하는 여성으로 등장하지만 결국은 결혼으로 성공하는 이야기다. 「오만과 편견」에서 엘리자베스는 당당한 여성의 모습을 보여주려 애쓰지만, 그녀 역시 귀족과 결혼함으로써 당시의 여성에게 가장 큰 성공이 무엇인지를 드러낸다. 주인공이 못된 '그녀'들은 평생을 가정교사로 보내거나 노처녀로 장자 집에 얹혀사는 늙은 고모들이 된다.

그러나 애덤 스미스가 국부론을 쓰던 당시의 영국은 귀족이 몰락하고 사회가 급변하던 시기였다. 그런데도 불합리한 장자상속이 계속되고 있는 이유를 그는 가문의 영예 때문이라고 보았다. 시대와 장소를 불문하고 관습은 쉽게 변하지 않는다.

조상이 돌봐준다고?

우리나라의 장자 상속제도가 유럽의 귀족과 비교하여 크게 다른 점은 장자가 조상을 모시는 제사를 지낸다는 점이다. 호적제도를 없애는데 많은 논란이 있었던 것도 호주가 없으면 유교적 가족 관념이 붕괴할 것이라는 염려 때문이었다고 본다.

대를 이어 장자상속을 하다 보면 종손의 개념이 생기는데 종손은 그 형제 사이에선 연장자이지만 집안 전체에서는 가장 앞선 세대이기 때문에 나이가 어리다. 나이 어린 종손이 집안에서 권위를 가지는 방법은 무엇일까? 어린 종손이 감당할 수 있는, 집안에서 가장 중요한 역할은 바로 제사의 주체가 되는 것이다. 유교 사회에서 조상을 모시는 일은 모든 집안사람이 함께 공유해야 할 정신적 가치이기 때문이다. 고대사회에서 신을 모시는 사람이 부족장이 되는 것과 마찬가지로 유교 사회에서 조상의 제사는 재산과 함께 집안의 모든 권위를 물려받을 수 있는 중요한 명분이 된다. 그런 의미에서 조선시대 귀족 가문은 신정일치 고대 부족 사회와 닮은꼴이다. 나라에서도 집안일에 관여하지 않고 상당한 자치권을 주었던 사례들을 볼 수 있다.

토지라는 경제적인 힘과 제사라는 정신적 권위까지 모두 상속받은 장자들은 제사를 정성껏 지냄으로써 자신의 위상을 유지할 수 있었고, 제사에 참여한 가족들은 가문 네트워크를 활용하여 정치적, 경제적 도움을 주고받을 수 있었다. 가문의 세력이 커질수록 제사에 참석하여 얻는 효과도 커졌을 것이고, 집안의 자제들에게는 가문의 권력을 이용한 출세의 기회도 생겼을 것이다. 집안의 자제들은 반드시 제사에 참석하여 집안 어른들에게 자신의 존재를 알려야 했고, 집안 어른들은 인재를 발굴하고 양성하여 가문의 영광이 대를 잇게 하였다. 조선시대 명문가에서는 이처럼 제사를 통해 자손들이 집안의 역사에 긍지를 가지고, 그 영광을 이어갈 수도 있었는데 이는 죽은 조상의 덕이 아니라 사실은 살아있는 집안 네트워크의 힘이었다.

고 ○○○회장의 기일을 앞두고 ○○자동차그룹 회장을 비롯해 ○○부회장 등 ○○○가가 한자리에 모였다.

재벌가에서 요즘도 이렇게 제사에 정성을 다하는 이유는 무엇인가? 바쁜 시간에도 불구하고 자발적으로 참여하는 것은 그들이 기업 중심 경제적 공동체로 살고 있기 때문이다. 어떤 형태든 공동체를 이루고 있는 사람들의 제사는 시대를 초월하여 힘을 발휘한다. 왜냐하면, 중심에서 권위를 세울 수 있는 사람들, 그 네트워크에 연결될 기회를 원하는 사람들에게 제사라는 형식은 지금도 유용하기 때문이다.
조선시대 말기 양반제도가 폐지된 이후부터는 너도나도 명문가의 흉내를 내며 제사를 중시하게 되었다. 그러나 경제력과 정치적 권력이 미약한 이들은 명문가처럼 집안 네트워크의 현실적인 혜택을 받기 어려웠고, 제례의 본질에 대한 철학적인 인식도 부족했다. 그래서 조상 덕을 본다는 의미가 조상의 귀신이 집안을 돌본다는 원시적인 기복신앙으로 변질되기 시작했다.

옛사람들의 행위를 따라 하면서 그 본질을 탐구하지 않으면 처음의 숭고한 뜻이 사라지고 형식만 과도해지는 법이다. 본래의 제사상은 절제되고 간소했으나 죽은 조상의 귀신을 감동하게 하려는 제사상은 절제보다 과잉을 정성으로 여겨 점점 상다리가 휘어지게 되었다.

홍동백서, 어동육서, 좌포우혜, 동두서미, 조율이시…. 어쩌다 지내는 제삿날, 상차림 하기 쉬우라고 전해준 안내서가 이제는 절대적인 법이 되어 하나라도 틀리면 조상이 노하고, 하늘이 무너지는 줄 안다. 엄숙하고 까다롭게 조상신을 영접하느라고 이 땅에 뿌리를 내린 선조들의 고난과 영광의 이야기, 공유해야 할 정신적 가치를 나누는 시간은 뒷전이다.

"조상님, 어떻든지 우리 가족 건강하게 돌봐 주시옵고, 어떻든지 아들 사업 잘되게 도와주시옵고, 어떻든지 손자 취직 잘되게 해주시옵고…. 어떻든지……. 어떻든지……."

명절 때마다 제사상 앞에서 '어떻든지' 시리즈를 읊조리며 조상신에게 가족의 무탈과 복을 비는 시어머니의 가족 사랑과 정성은 존중하지만 죽은 조상신의 힘을 믿기는 어렵다.

이렇게 제사의 의미가 변했거나 말거나 한 집안이 경제적 공동체로 살던 농경시대에는 집안의 경제와 결속에 크게 기여하였음에 틀림이 없다. 그러나 각각 다른 삶의 터전에서 독립경제를 이루고 사는 오늘날에는 따라 하기 힘든 낡은 형식이 되었다. 가족 공동체 정신을 계속 유지하면서 모두가 만족할 만한 새로운 형식이 필요한 때이다.

돈은 정성이 아니라고?

노동력과 시간이 곧 돈이 되는 자본주의 사회를 사는 자녀들에게 는 조상을 모시는 일보다 생존 문제가 달린 직장이 더 중요하고, 부모 세대의 맹목적인 조상숭배와 기복신앙에 공감하기 어렵다.

나는 시댁의 맏며느리로 지난 25년 동안 명절 때마다 맹활약하였다. 명절비로 미리 돈을 보내는 것은 물론 집안 어른들께 드릴 선물과 과일을 잔뜩 사 들고 연휴 첫날부터 시골로 내려가 집 안을 청소하고, 명절 음식을 하고, 손님접대를 하다가 마지막 날에야 피곤한 몸으로 도시의 집으로 돌아오는 일을 꽤 오랫동안 반복하였다.

매스컴에서 명절을 맞이하는 며느리와 시댁의 갈등 문제, 명절 증 후군 이야기를 해마다 반복하며 야단법석을 떨어대는 것을 보면서 나는 늘 현명하게 대처할 방법을 생각하였다. 일 년에 두 번의 봉사로 집안이 화목하고 즐겁다면 기꺼이 하리라 다짐하였고, 명절을 기회 로 그동안 소홀했던 집안 어른들을 만나는 것도 의미 있는 일이라고 여기며 고단함을 달랬다. 마음 한구석에는 누군가의 희생을 담보로 유지되는 화목함은 결코 오래갈 수 없다는 생각도 있었지만 그래도 할 만하다고 생각하고 보람도 느꼈다.

그러다가 최근에는 시어머니의 병환으로 음식을 직접 준비하기가 어려운 형편이 되어 친정 언니가 대신해준 명절음식을 가지고 가서 제사를 지낸다. 명절이 다가와도 아무 걱정 없이 평소처럼 직장을 다니다가, 명절 전날 가벼운 마음으로 언니가 마련해준 음식을 들고 가면 된다.

'우와, 맛있겠다. 신난다. 즐겁다.'

명절 음식을 직접 하지 않게 되면서 명절의 노동시간이 줄어들고 즐거움은 몇 배로 늘었다. 단지 음식을 마련하는 몇 시간의 노동이 줄었을 뿐인데, 나머지 일은 그대로 남아있는데도 어린 시절 느꼈던 명절의 즐거움이 다시 살아나는 것이다.

그러나 뭔가 불편한 마음이 슬며시 나에게 묻는다. '제사 음식을 돈으로 사면 정성이 부족한가? 돈은 정성이 될 수 없나?'

분업이 확립되면 모든 사람은 교환에 의해 생활한다. 화폐는 보편적인 상업의 매개 수단으로 화폐에 의해 온갖 종류의 재화들이 매매되고 상호 교환된다. 모든 물건의 진실 가격은 그것을 얻는데 드는 수고와 번거로움이다. 화폐로 구매하거나 재화로 교환하는 물건은 우리 자신의 수고와 번거로움에 의해 얻는 물건과 마찬가지로 노동으로써 얻은 것이다. 그 화폐나 재화는 우리에게 이러한 수고를 면제해 준다.

국부론을 읽다가 고민 해결의 실마리를 발견했다. 자본주의 산업사회는 분업을 기반으로 하며 농경시대처럼 자급자족할 수 없는 구조이다. 직장에서 번 돈은 애덤 스미스의 말처럼 수고와 번거로움을 지불하고 얻은 결과물이다. 내가 번 돈은 지적, 육체적, 심리적 노동, 즉 나의 모든 정성을 제공하고 받은 것이므로 돈을 지불하고 음식을 마련한다면 그 음식을 만드는 수고와 번거로움도 내가 이미 제공했던 것이다.

그러므로 나의 돈은 곧 나의 지극한 정성이다. 비록 농경사회를 살아온 시골 어른들이 돈으로 제사음식을 사는 것을 못마땅해 할지라도, 죄스러울 일은 아니다. 더구나 명절의 진정한 의미가 온 가족이 즐기는 축제라면 음식을 만드는 주체나 제사의 형식이 더 중요한 문제가 아니어야 할 것이다. 조선 후기 일부 고루한 양반들처럼 제사 형식을 복잡하게 만들어 놓고 이를 핑계로 부계사회의 유교적 질서에 복종하게 하려는 사악한 의도가 없다면 말이다.

모든 풍습과 관행은 경제 구조에 따라 변하게 마련이고 누군가의 일방적인 희생으로 지탱되는 사회는 오래 지속될 수 없다. 동방예의지국으로 이름 난 유교적 질서도, 유럽의 그 많던 군주들과 귀족들도 타고난 신분보다 개인의 능력을 우대하는 자본주의 산업사회의 등장으로 해체되어 버린 지금, 우리의 미풍양속도 변화가 필요하다. 명절 연휴에 온 가족이 여행하며 호텔에서 차례를 지내기도 하고, 산소를 찾아 술 한 잔으로 간단하게 차례를 대신하는 등 생각이 밝은 사람들은 어른들이 분노할 만큼 이미 앞서가고 있다.

옛사람들에게는 옛 방식이 있고 새사람들에게는 새 행위가 필요한 법, 본질을 밝혀 그 뜻은 살리되 형식은 현시대에 알맞게 고쳐서 가족 모두가 즐거운 명절, 진정 아름다운 풍속으로 발전시켜야 하지 않을까?

TIP| 우리나라 상속제도 변천

(1) 1959.12.31. 민법제정 이전까지는 조선의 관습에 따라 장자상속, 재산전부를 단독 상속

(2) 1960.1.1.–1978.12.31
  - 호주 상속인 1.5
  - 가족 내(출가전) 0.5, 출가녀와 분가녀 0.25, 직계존속(부모)과 공동 상속자 1

(3) 1979.1.1.–1990.12.31
  - 장남 1.5, 처 1.5
  - 출가녀 0.25, 기타자녀 1

(4) 1991 이후
  - 배우자 1.5
  - 아들, 딸, 출가녀에 상관없이 각 1

(5) 2008.1.1 가족관계등록법 시행(호적승계 폐지)

※ **계산방법** : 상속 받는 비율(분자)/상속 받는 비율의 합계(분모)
  (소수점은 정수로 표시)

  (예) 상속대상자 5인일 경우 : 배우자, 아들2, 딸 2 : 1.5+1+1+1+1=5.5
    (배우자 3/11, 딸, 아들 각각 2/11)

나라의 부와
개인의 부

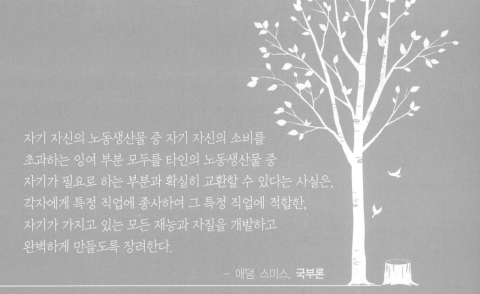

자기 자신의 노동생산물 중 자기 자신의 소비를
초과하는 잉여 부분 모두를 타인의 노동생산물 중
자기가 필요로 하는 부분과 확실히 교환할 수 있다는 사실은,
각자에게 특정 직업에 종사하여 그 특정 직업에 적합한,
자기가 가지고 있는 모든 재능과 자질을 개발하고
완벽하게 만들도록 장려한다.

– 애덤 스미스, **국부론**

애덤 스미스의 「국부론」은 경제학의 고전이라 불린다. 이 책의 저자인 애덤 스미스라는 이름은 고등학교 정치 경제 시간을 시작으로 '분업', '보이지 않는 손', '자유 경쟁' 등 그가 책에서 사용했던 용어들과 함께 경제를 다루는 기사나 책에서 익히 들어왔다.

　나는 경제가 발전할 대로 발전하여 더 이상의 진보가 없을 것 같은 21세기를 살아가고 있다. 그러나 현재의 경제의 흐름을 이해하기 위해 혹은 경제활동에서 우위를 차지하기 위해 「국부론」을 읽어야겠다는 생각은 해 본 적이 없었다. 그러나 올해 동아리에서 이 책이 선정되어 읽게 되었다. 이 책을 읽기 전에 나는 이 책을 통해 국가의 부란 무엇을 의미 하는가 정의해보고, 현재와 같은 상태에서 우리 경제가 발전적으로 나아갈 바를 옛사람의 지혜를 빌려 조금이라도 생각해볼 수 있을 것이라 기대하며 책장을 넘겼다. 그러던 중 두 가지 큰 의문을 가지게 되었고 그에 대한 답을 찾고자 하였다.

1. 18세기를 산 애덤 스미스가 말하는 분업을 일으키는 원리(제1편 2장)를 21세기를 사는 나는 어떻게 받아들이고 적용해야 할 것인가?

자기 자신의 노동생산물 중 자기 자신의 소비를 초과하는 잉여 부분 모두를 타인의 노동생산물 중 자기가 필요로 하는 부분과 확실히 교환할 수 있다는 사실은, 각자에게 특정 직업에 종사하여 그 특정 직업에 적합한, 자기가 가지고 있는 모든 재능과 자질을 개발하고 완벽하게 만들도록 장려한다.

분업이란 단어를 떠올렸을 때 나는 단순히 나눌 '분', 일 '업'이라는 두 글자로 나누어 생각했을 뿐 이 원리를 실제 현장에서 관찰하고 그 의미를 분석해 낸 애덤 스미스의 생각을 알고 있지는 않았다. 이 책을 통해 그는 분업이 소규모 제조업에서 이루어지고 있던 초기 산업 사회 시대를 살고 있었는데 처음 산업현장에서 일어난 분업의 효율성에 감탄을 금하지 못했던 것 같다. 그러면서 어떻게 이 분업이 이루어지게 되었는가에 대한 그의 성찰을 1편 제2장에 열거해 놓았다.
핀을 만드는 공장에서의 분업을 놓고 그는 인간이 어떻게 처음에는 생각지도 못한 엄청난 이익을 가져오는 분업을 할 수밖에 없었는지 조목조목 설명한다. 애덤 스미스가 말하고 있는 것처럼 인간이 분업하지 않고 여전히 혼자서 각자의 혹은 그 가족의 생활을 위해 필요한 모든 것을 손수 만들어서 사용한다면 그 노력에 비해 얻을 수 있는 것은 얼마나 적고 조잡한 수준의 것일지 생각해 볼 수 있다. 그는 인간이 가진 각자의 다른 재능에 의해 생산된 생산물들을 공공의 자원이 된다고 본다. 그래서 그 공동의 자원에서부터 자신이 원하는 만큼을 사서 가지기 위해 인간은 더욱더 큰 재능의 차이를 보이게 된다는 것이다.

사회가 분화되고 그 속에서 인간이 할 수 있는 일은 한 개인이 전체를 다 아우르는 것이기 보다 특정한 분야의 전문가가 혹은 숙련가가 되기를 요구한다. 이것은 한 인간이 사회 전체에 기여하면서 동시에 자신의 몫을 가장 크게 만드는 방법이기도 하다. 18세기의 애덤 스미스의 분업의 원리를 21세기를 살아가고 있는 미래의 주역인 우리 아이들의 교육에 적용해 보면 각 개인이 지닌 역량을 찾아내어 능력을 잘 키워서 전체 사회에 기여하는 정도를 높이고 각자의 몫을 최대로 가질 수 있게 하는 것이라고 할 수 있다. 이렇게 하는 것은 전체 국가에 좋을 뿐만 아니라 각 개인에게도 최대의 이익이 된다. 우리 아이들이 애덤 스미스의 분업을 일으키는 원리에 대한 이해를 제대로 조기에 하게 된다면 무엇보다 열성적으로 자신의 재능과 능력을 찾는 데 집중하게 될 것이다.

능력을 인정받고 발휘할 기회를 가진 삶은 아주 축복받은 행복한 삶이 될 것이다.

애덤 스미스가 알려주는 분업의 원리를 우리 아이들의 미래 교육에 대입해 볼 것을 권한다.

2. 애덤 스미스가 말한 자유경쟁은 무엇이며 누구를 위한 것이었나?

나는 애덤 스미스가 주장한 자유 경쟁을 선진국이면서 무역 상대에 대한 우위를 점하고 있는 영국이 내세운 자국 보호주의 정책이면서 비양심적 정책이라고 생각했었다. 어쩌면 애덤 스미스가 살았던 그 당시의 상황을 고려하기보다 지금 현재의 영국과 미국 같은 나라를 보면서 그런 생각을 가졌었던 것 같다. 그러나 이 책을 통해 내가 오해했다는 사실을 알게 되었다.

식민지무역에 관한 규제 대부분을 권고한 사람은 주로 무역상인이었다는 사실을 주목해야 한다. 그러므로 대부분의 규제에서 무역상인의 이익이 식민지의 이익이나 모국의 이익보다 더 많이 고려되었다는 것은 이상할 게 없다.

「국부론」 '상'권은 경제 원리를 설명하기 위한 토지, 노동, 자본, 화폐 등에 관한 길고도 상세한 설명이 실려 있다. 그러나 '하'권에는 그 당시 영국을 둘러싼 유럽 여러 나라의 정세, 식민지 건설 상황과 드러나는 문제점 그리고 국가의 부에 관한 이야기가 나온다.

'하'권을 읽으면서 비로소 애덤 스미스가 말하는 국가의 부라는 것은 식민지 강탈과 많은 제재를 통한 본국의 이익 추구와 식민지의 산업발전을 억압하여 자국의 산업 활성화를 통한 부의 축적이 아니라는 것을 알게 되었다. 국가의 부는 자국 내에서 일어나는 생산 활동과 소비의 총합이며, 그것이 많고 활발할 때 부유한 국가가 된다는 주장이었다. 이렇게 자국 내의 생산과 소비가 활발하게 일어나기 위해서는 일부 부유한 상인들의 이익추구를 위한 식민지 국가들에 대한 제재는 불합리할 뿐만 아니라 오로지 몇몇 자본을 가진 상인들에게 유리할 뿐이라는 것이다. 그래서 모든 국민에게 이득이 되는 자유로운 경쟁체재가 성립되어야 한다는 주장을 한다. 이 주장의 근거로 식민국에 대한 혹독한 제재를 취한 주변 국가들이 처음에는 자국의 경제에 도움이 되는 것처럼 보였으나, 모든 국민에게 혜택이 돌아가는 더 부유한 나라가 되지 않았다는 사실을 보여준다. 자유 경쟁 체재의 주장은 애덤 스미스가 자신이 살던 시대를 꿰뚫어보고 일부 상인이나 식민국에 이권을 가진 일부 계층이 아니라 모든 국민의 부를 증진하기 위한 제안이었던 것이다.

21세기에는 더 이상 과거와 같은 식민지는 존재하지 않지만 국가 간의 경제력과 군사력의 우열로 무역에서의 불평등은 여전히 존재하며 우위를 점한 국가의 횡포는 여전하다. 이 시대에도 애덤 스미스처럼 몇몇 거부를 위한 정책이 아니라 거대한 세상 속에서 평범하게 살아가는 사람들 모두를 생각하는 정책을 고민하고 일깨워 줄 수 있는 경제학자가 필요하다는 생각이 든다. 지금 당장 눈앞의 이익만을 추구할 것이 아니라 모두가 잘 살 수 있도록 커다란 그림을 그려 보여주는 사람이 있어야 한다는 생각을 하게 되었다. 그리고 국가의 부는 부유한 자들의 잔뜩 쌓인 황금에 있는 것이 아니라 대다수 국민의 활발한 생산과 소비 활동 자체에 있다는 것도 알게 되었다.

우리나라도 현재의 어려움을 뚫고 더 부강해지고, 그 부를 많은 사람들이 함께 누리는 국가가 될 수 있도록 경제의 흐름을 잘 파악하고 좋은 정책을 제안하는 경제학자들이 활약하기를 기대해 본다.

우리가 이왕 글자를 배운이상 최고의 작품들을 읽어야 할 것이다.

나는
우연의 산물인가?

누군가 죽기 전에는 그를 행복하다고 부르지 마시고,
운이 좋았다고 하소서.

– 헤로도토스, 역사

'선뜻 손이 가지 않지만, 살면서 한 번쯤은 꼭 읽어봐야 할 책들을 읽을 수 있는 것'이 내가 '인문학 동행'을 꾸준히 참석하는 이유다.

　5월의 책인 헤로도토스의 「역사」는 동양의 역사의 아버지라 불리는 사마천의 「사기열전」을 읽어보고 난 후라 서양 역사의 아버지라 불리는 헤로도토스는 과연 어떤 역사를 어떻게 기록해 놓았는지 궁금했다. 책장을 넘기며 무엇보다 놀라웠던 것은 그가 기록해 놓은 역사의 시기였다. B.C. 400년대면 우리나라는 고조선에 해당하며, 그 시대의 기록으로 남아있는 것은 8조법 정도인데, 헤로도토스의 「역사」는 페이지만도 무려 900쪽을 넘긴다는 사실에서 동서양의 기록 문화의 차이를 어떻게 이해해야 좋을지 난감하다는 생각과 부러움이 함께 느껴졌다.

　정치가 페리클레스는 「플라톤」의 서문에서 소포클레스는 그리스 「비극」에서 보았던 이름인데 이 쟁쟁한 인물들과 헤로도토스는 친분이 있었다고 하니 놀랍다.

여행을 무척 많이 했다고 알려진 헤로도토스의 탐사보고서라고 알려진 이 책은 말 그대로 페르시아전쟁의 이야기이다. 크로이소스, 퀴로스, 캄뷔세스, 다레이오스, 크세르크세스 왕의 시대별 이야기는 각 왕들의 성품과 스타일, 그리고 그 주변의 인물들이나 전쟁이 어떻게 진행되어 가는지 보여준다. 하지만 책장을 넘기면서 무엇보다 흥미를 갖게 하는 내용은 그 당시 사람들이 살아가는 모습을 엿볼 수 있는 내용이었다.

누군가 죽기 전에는 그를 행복하다고 부르지 마시고, 운이 좋았다고 하소서.

제1권 32장에는 외유 중이던 솔론이 크로이소스 왕을 만나 세상에서 가장 행복한 사람에 관해 대화를 나누는 장면이 나온다. 코로이소스 왕은 자신의 부를 과시한 다음 현명한 솔론이 자신을 세상에서 가장 행복한 이로 여겨줄 것을 기대하고 이 질문을 하게 된 것이다. 그러나 솔론은 크로이소스의 기분을 맞춰 주기보다 자신의 소신을 밝히는데 인간의 수명을 일흔 살로 잡고 26,250일이 되는데 하루도 똑같은 일이 일어나는 일이 없다고 말하며 인간이 죽기 전까지는 그가 행복하다고 부르지 말고 운이 좋았다고 하기를 권하는 장면이 나온다.

과연 그렇다. 기억이 있는 날부터 돌이켜 생각해 보아도 어느 한 날이라도 똑같은 날은 없었다. 이것은 솔론이 입으로 말하기 전부터도 그러하였고 그 이후로도 변하지 않는 진실이다. 그러나 살면서 어제와 다른 오늘, 내일과 다를 오늘을 그만큼 소중히 여기고 의미를 부여했었는지 반성하게 된다. 그리고 내가 지금 주위의 사람들보다 조금 더 나은 처지에 있다고 해서 그것이 평생 갈 것이라고 여긴다든지 혹은 그것으로 인해 우쭐하거나 다른 사람을 업신여기는 행동은 절대 해서는 안 될 것이다. 겸손한 마음으로 단지 운이 좋을 뿐이라고 생각하기를 반복한다면 바른 마음이 생기며 다른 사람의 마음을 아프게 하여 결국은 내 마음마저 불편하게 만드는 어리석은 실수를 하지 않게 될 것이다.

그는 온갖 종류의 가축 3,000마리를 제물로 바쳤고, 금을 입힌 침상들과 은을 입힌 침상들과 황금으로 만든 잔들과 자줏빛 옷들을 장작더미 위에 산더미처럼 쌓아놓고 불태웠다.

1권 50장에서는 크로이소스가 델포이 신의 호감을 사기 위해 엄청난 제물을 바치는 장면이 나온다. 이러한 행위를 통해 정말 신의 호감을 더 살 수 있을까? 그 광경을 생각해보면 제사를 통해 신이 도와주실 것이라는 믿음으로 마음의 안정을 찾을 수 있을 것이다. 또한, 사람들에게 엄청난 제물을 보임으로서 자신의 힘을 과시하고, 자신을 따르는 무리에게 믿음을 주는 면도 있다. 제사는 공동체를 굳건히 하고 자신의 지배력을 다지는 성대한 행사로 제사 후 제물로 축제를 열어 자신을 지지하는 세력이 키웠음을 알 수 있다.

이 장면을 보면 사기열전의 맹상군이나 춘신군이 자신의 재력으로 수천의 식객을 거느리는 장면이 떠오른다. 처음에는 그 모습이 참으로 생경하였다. '왜 그렇게 큰 비용을 들여가며 직접 보답이 돌아오지도 않는 그 많은 식객을 거느렸을까?' 궁금했었다. 그러나 그것이 가장 효과적이고 자연스러운 권력 유지 방법이었음을 동서양 고전을 통해 알게 되었다. 지리적으로 멀리 떨어진 동서양에서 이렇게 비슷한 모습이 연출되는 것을 보면 사람이 살아가는 방법은 어디서나 어느 시대나 크게 다르지 않음을 알 수 있다. 이것이 이천 년 전의 고전이 오늘날에도 통하는 까닭이다.

2권 172장에는 아마시스가 아이귑토스의 왕이 되는 장면이 나온다. 왕이 된 아마시스는 이른 아침부터 장터가 붐빌 때까지만 열심히 왕의 업무를 처리하고, 그 이후에는 술을 마시고 빈둥거린다. 그의 친구들이 왕으로서 열심히 모범을 보여야 한다고 충고를 하자 그는 대답한다.

"활을 가진 자들은 필요할 때만 활을 당기는 법이오. 활을 늘 당긴 상태로 두면 활이 부러져 정작 활이 필요할 때는 쓸 수 없게 된다오."

이 장면을 읽으니 아직 초등학생인 딸아이에게 늘 성실하게 공부할 것을 요구하는 내 모습이 겹친다. 아이가 활을 늘 팽팽히 당긴 상태처럼 긴장한 상태로 있기를 바라는 것이 아닌가? 본격적인 입시가 시작될 때까지 아직 시간적 여유가 있는데 불안한 마음에 아이를 닦달한 것 같다. 집중해서 공부가 필요한 시간과 휴식이 필요한 시간을 적절하게 조절할 수 있어야 하겠다.

한편 테바이인들은 아테나이인들에게 복수하고자 델포이로 사절단을 보내 신탁에 묻게 했다. 퓌티아가 대답하기를, 그들만으로는 복수할 수 없을 것이니, '많은 목소리를 가진 자'에게 알리고 '가장 가까운 자들'에게 도움을 청하라고 했다.

테바이인들이 델포이 신전에 사절단을 보내 신탁을 묻게 한 후 그 신탁을 풀어나가는 과정을 보여주는 장면이다. 그들은 신탁에서 받은 '많은 목소리를 가진 자', '가장 가까운 자들'에 대한 정확한 해석을 내리지 못하고 있다. 그러다가 한 명이 신탁의 의미를 깨닫고 이야기하자 그 해석을 따르기로 한다. 신탁은 신이 내려준 말씀이라서 달리 해석하고 풀고 할 것 없이 말 그대로 실천에 옮기기만 하는 것으로 생각하고 있었다. 이렇게 머리를 맞대고 지혜로운 자들의 조언을 들어가며 신탁을 풀어나가는 과정을 거쳤다는 것이 참으로 놀랍다. 서양에서 토론 문화가 발전한 이유를 알 수 있다.

우리가 여왕 글
자를 배운이상
최고의 작품들
을 읽어야 할
것이다.

크세르크세스와
아하수에로

헤로도토스의 「역사」 속 크세르크세스와
구약성경에 등장하는 아하수에로 왕은 동일 인물이다.
한사람의 남편으로서, 페르시아 역사상 가장 부강한
시기를 보낸 지도자로서 성품과 자질은 어땠을까?

― 오영미, 본문 중

혼자서는 접하기 어려운 책을 읽게 되었다. 1000페이지가 넘는 책을 내가 읽을 수 있을까? 반신반의하면서 책장을 하나하나 넘기면서 나도 모르게 어느 순간 헤로도토스에게 감사의 마음이 생기게 되었다. 헤로도토스 덕분에 2500년 전 먼 나라인 그리스, 페르시아, 이집트 나라들의 생동감 있는 이야기를 접하게 되었으니 말이다.

그리스인답게 지적 탐구 정신이 강한 그는 자신이 태어나기 전부터 시작된 그리스와 페르시아 전쟁에 대해 알아보고자 했다. 이 책의 서문에 다음과 같이 기술되어 있다.

이 글은 할리카르낫소스 출신 헤로도토스가 제출하는 탐사 보고서다. 그 목적은 인간들의 행적들이 시간이 지나면서 망각되고, 헬라스인(그리스인)들과 비헬라스인들의 위대하고도 놀라운 업적들이 사라지는 것을 막고, 무엇보다도 헬라스인들과 비헬라스인들이 서로 전쟁을 하게 된 원인을 밝히는 데 있다.

그는 여행 중에 보고 들은 이야기를 흥미롭게 풀어내는 이야기꾼으로 유명했고, 가장 중요하게 생각한 전쟁에 대한 기록을 9권의 책으로 풀어냈다. 다른 역사서와 다른 점은 탐험한 지역의 지리와 역사, 전하는 이야기 등 자세히 서술되어 있어서 재미있고 또 믿거나 말거나 식의 황당한 이야기도 있다는 점이다.

이 책의 9권 중에서 3권의 분량을 차지하는 크세르크세스왕은 어떤 사람일지 궁금했다. 헤로도토스 「역사」속 크세르크세스와 구약성경에 등장하는 아하수에로 왕은 동일 인물이다. 궁금증의 시작은 내가 좋아하는 성경 안에 등장하는 많은 여인 중에 제일 좋아하는 여인이 에스더인데, 그 에스더의 남편이기 때문이다.

한사람의 남편으로서, 페르시아 역사상 가장 부강한 시기를 보낸 지도자로서 성품과 자질은 어땠을까? 알고 싶었다.

크세르크세스는 그리스식 표기이고 아하수에로는 히브리식 표기로 같은 사람이다. 「역사」와 구약성경 「에스더서」를 쓴 작가는 다르지만 비슷한 시각으로 이 인물을 바라본 것 같다. 크세르크세스왕의 공통된 성향을 「역사」와 구약성경 「에스더서」에서 찾아 정리해 보고자 한다.

크세르크세스는 과시욕이 넘치는 사람이다.

크세르크세스 왕은 자신의 부유함과 영광, 위엄을 널리 알리고자 했다.

아버지 선왕 때부터 내려온 막강한 부와 권력에도 불구하고 더 많은 부와 넓은 땅을 얻기 위해 강제 징병으로 전쟁을 시작한 것이다. 탐욕과 그리스를 무시하는 교만함이다.
-「역사」-

「역사」642쪽에 등장하는 회의는 우리가 생각하는 회의가 아니라 전국의 유력 인사와 귀족들 고위관리들이 모인 파티라고 역사학자들은 이야기한다.

이 파티에 관한 내용을 성경에서 찾아보았다. 구약성경「에스더서」1장 초반에 자세히 기록되어 있다.

180일간 잔치를 벌였으며 화려한 장식을 한 연회장과 금잔과 금, 은으로 치장한 의자 등으로 모인 사람들에게 마음껏 술을 마시게 했다.
-구약성경「에스더서」-

크세르크세스는 결정을 자주 번복하는 사람이다.

크세르크세스 왕은 전쟁의 결정을 번복했다. 「역사」632쪽에 따르면 크세르크세스는 처음에 헬라스 원정에는 별로 관심이 없었다. 그러나 모험을 좋아하고, 헬라스의 태수가 되고 싶었던 그의 사촌이자 매제인 마르도니우스의 부추김에 설득을 당하고 만다. 또 이 원정에 반대하는 아르타바노스의 말을 듣고 밤새도록 생각한 끝에 헬라스 원정은 자기에게 도움이 안 된다고 확신하게 된다.

그러나 밤에 꿈을 꾸었는데 한 남자가 나타나 "헬라스 원정을 취소하려는 것은 이롭지 못하며 용서하지 않을 것이요."라고 한다. 그런데도 크세르크세스는 자기 생각대로 원정을 포기할 것을 알렸다. 그

날 이후 환영이 나타나 다시 원정을 가라고 하자 마음이 오락가락해서 결국은 원정길에 오른다.

그리고 크세르크세스 왕은 유대인 말살을 번복했다. 구약성경「에스더서」에 하만이란 인물이 등장하는데 왕의 국무대신으로 개인적 감정으로 유대인 말살을 계획하고 실천하기 위해 크세르크세스 왕의 허락을 받는다. 그러나 왕후 에스더가 왕에게 자기 민족의 억울함을 호소하므로, 왕의 명령은 철회되고 유대인은 말살에서 해방되었다. 하만의 계획과 반대로 유대인을 말살하려던 날 하만과 그의 열 아들은 함께 처형된다. 유대인들은 지금도 이런 역사적 사실을 기념하기 위해서 '부림절'이란 절기를 지낸다.

크세르크세스는 즉흥적인 사람이다.

「역사」에서 퓌티우스라는 사람은 왕의 군대를 잘 대접하고 군비를 보태겠다고 자원한다. 왕은 호의적으로 대하다가 퓌티우스가 아들 다섯 중에 장남의 군 면제를 부탁하자, 장남을 바로 잔인하게 죽였다.

성경에서는 에스더에게 나라의 절반을 주겠다고 하거나, 우연히 과거 기록 속에 등장한 모르드게에게 왕복을 입히고 왕관을 씌우며 왕의 말을 타고 성 중에 다니게 한다.

크세르크세스는 방탕하며 비겁한 사람이다.

「역사」9권 마지막 부분에서 크세르크세스는 동생의 아내를 좋아하고 또 그 조카와 비밀리에 사랑하게 된다. 이를 눈치 챈 아내 아메스트리스가 보복으로 동생의 아내를 잔인하게 죽이고 이 일을 무마

하기 위해서 동생에게 자신의 사위가 되라고 권한다.

성경에서는 연회에 왕후 와스디(아메스트리스)를 불렀으나 거절한다는 이유로 폐위시키는 과정에서 "왕후 와스디가 내시가 전하는 아하수에로 왕의 명령을 따르지 아니하니, 규례대로 하면 어떻게 처치할까?"라고 묻는다. 자신의 명령을 어긴 것에 화가 났지만 그것을 바로 드러내지 않고 결정을 신하들에게 맡겨서 그 책임을 돌리는 비겁한 행동을 한 것이다.

성경과 연관 지어서 크세르크세스의 내용을 찾다 보니 부정적인 모습이 많아 아쉬워서 그에 관하여 알려진 내용을 더 찾아보았다.

크세르크세스는 다리우스 1세와 키루스의 딸 아토사 사이에서 태어났다. 다리우스가 즉위한 뒤 처음으로 얻은 아들이었다. 장자 계승 원칙이 있었으나 다리우스의 편애로 장자가 아닌데도 후계자가 되었고, 12년 바빌로니아를 통치한 경험을 가지고 35세의 나이에 다리우스가 죽었을 때 즉위하였다. 그는 작은 불만도 용서하지 않고 강력하게 억압했으며, 선왕 때부터 끌어온 이집트, 바빌로니아 반란을 진압하였다. 재위 3년째에는 운하를 만들고, 선교(船橋)를 가설하면서 그리스 원정 준비를 하고, 육·해군을 이끌고 각지에서 승리하는 강력한 왕권을 가진 왕이기도 했다.

그리스 전쟁에서 패배한 후 수사와 페르세폴리스에서 화려하고 웅장한 건축물을 세우면서 호화 생활을 하다가 신하에게 암살당하였다.

페르시아제국의 융성기의 마지막 왕으로서 그 시대의 부를 충분히 누리고 살다가 간 인물 크세르크세스왕의 삶을 공정하게 들여다보기

는 어려울 것 같다. 역사란 항상 승리자의 관점에서 쓰이기 때문이
다. 그리스전쟁에서 패배 후에 그리스인들의 관점에서 그를 평가하
다 보니 부정적인 모습이 대부분인 것 같다.

그런데도 이 책을 통해 한 사람을 더욱 깊게 살펴보고 성경 속에서
만 만났던 왕을 다시 만나서 비교해 보는 즐거움을 느끼게 되어서
즐거운 시간이었다.

'적폐청산'인가?
'정치보복'인가?

자신이든 자신이 돌보는 다른 사람이든
불의를 행하면 최대한 빨리 응분의 대가를 치를 수
있는 곳으로 자진해서 가야하네.
그는 의사에게 가듯 재판관에게 가야하며,
불의라는 질병이 고질이 되어 그의 혼을 치유할 수 없을 만큼
곪게 하는 일이 없도록 서둘러야 한다는 말일세.

― 플라톤. **고르기아스**

요즘 '적폐청산', '정치보복' 등 정권이 바뀐 후 다양한 시각에서 다양한 말들이 쏟아진다. '잘못을 바로잡는 것'인지 '정치 보복'인지 어떻게 세상을 바라봐야 할지 혼란스럽다. 요즘 세상에 소크라테스가 살아있다면 어떻게 이야기할까?

　플라톤의 「고르기아스」를 읽으며 요즘 정치적 쟁점이 되고 있는 부분과 너무나 비슷한 부분을 만나게 되었다. 「고르기아스」에서 소크라테스와 고르기아스, 폴로스 그리고 칼리클래스가 수사학이 무엇인지 토론하는 장면이 펼쳐진다. 그 중 소크라테스와 폴로스의 토론으로 잠시 들어가 보자. 폴로스는 자신이 생각하는 참주 노릇이 무엇인가에 대해 '사람들을 처형하는 것이든 추방하는 것이든, 나라에서 자기에게 가장 좋겠다 싶은 것이면 무엇이든 행할 수 있는 자유'라고 했다. 이 말에 대해 소크라테스의 말들을 새겨봄으로써 현대의 정치적 상황에 대해 정확한 판단을 할 수 있을 것이라 본다. 소크라테스의 토론 중 다음과 같은 말들을 발췌해 보았다.

불의를 행하는 불의한 자는 아주 비참한데, 불의를 행하고도 응분의 대가를 치르고 처벌받지 않는다면 더 비참하고, 응분의 대가를 치르고 신들과 인간들에게 처벌받는다면 덜 비참하다는 것이 내 의견일세. (중략)

응분의 대가를 치르기를 기피하는 자들은 응분의 대가를 치르는 것의 고통스러운 면은 볼 줄 알아도 유익한 면은 보지 못하며……(중략)

큰 나쁨에서 벗어나지 않으려고 무슨 짓이든 하면서, 돈과 친구들과 가능한 한 가장 설득력 있는 언변을 동원하는 것이라네.(중략)

자신이든 자신이 돌보는 다른 사람이든 불의를 행하면 최대한 빨리 응분의 대가를 치를 수 있는 곳으로 자진해서 가야하네. 그는 의사에게 가듯 재판관에게 가야하며, 불의라는 질병이 고질이 되어 그의 혼을 치유할 수 없을 만큼 곪게 하는 일이 없도록 서둘러야 한다는 말일세. (중략)

돈 버는 기술은 우리를 가난에서 벗어나게 하고, 의술은 질병에서 벗어나게 하며, 정의는 무절제와 불의에서 벗어나게 하네.

그리고 만약 야만적이고 배우지 못한 참주가 통치하는 나라에서는 좋아하고 싫어하는 것이 참주와 같으면서 치자에게 지배당하고 복종하기를 원하는 사람은 불의한 치자를 닮아가며 그 곁에서 큰 힘을 행사하게 되고 그는 최대한 많은 불의를 행하고도 응분의 대가를 치르지 않는 능력을 갖추게 되는 것이다. 그리고 주인을 모방하여 힘을 갖춘 탓에 그의 혼이 타락하고 비뚤어진다면 그건 그에게 가장 나쁜 일이라 했다.

소크라테스의 관점에서 요즘의 정치적 사태를 바라본다면 '적폐 청산'인지 '정치보복'인지 명쾌하게 판단할 수 있을 것이다.

그렇다면 우리나라의 지도자들은 왜 불의를 저지르는 일이 많았을까? 정의를 실현하는 정치를 하지 못하고 자신의 치부를 위한 수단으로 끝없는 욕망을 채우려 했을까? 칼리클레스는 '더 훌륭하고 더 지혜로운 사람이 더 열등한 사람들을 다스리고 이들보다 더 많이 갖는 것이 자연의 정의'라고 믿는다고 했다. 우리나라 현대 정치에서 일어나고 있는 이런 일들이 자연의 정의란 말인가?

소크라테스는 물이 새는 체에다 물을 길어 와서 물이 새는 항아리를 채우려 하는 이들을 가장 비참한 자들로 비유하고 있다.

'절제 있는 사람과 무절제한 사람은 저마다 항아리가 많이 있는데, 절제 있는 사람의 항아리들은 온전하고 많은 노고와 고생 끝에 얻은 포도주, 꿀, 우유 등등으로 가득 차 있으며, 더 갖다 붓지도 않고 이제는 이 일에 관한 한 편안히 쉴 수 있다.'고 말한다. 그러나 '무절제한 사람은 역시 고생 끝에 액체들을 구할 수 있기는 하지만 그의 용기들은 금이 가고 흠이 있기에 밤낮없이 쉬지 않고 용기들을 채워야 한다고……' 우리나라의 지도자 중 많은 이들이 채워지지 않는 항아리를 소유했던 것 같다.

소크라테스는 원해서 불의를 행하는 사람은 아무도 없고 불의를 행하는 사람들은 모두 본의 아니게 불의를 행하며, 불의를 행하지 않기 위해서 우리는 어떤 힘과 기술을 갖추어야 한다고 했다.

어떤 힘과 기술을 갖추어야 할까? 절제 있고 자제력이 있어 자기 안의 쾌락과 욕구들을 다스리는 힘과 기술일 것이다.

지도자이든 일반 시민이든 자신에게 물어야 한다.

- 나의 항아리는 채울 수 있는 항아리인가? 깨진 항아리인가?
- 나는 불의를 행하는 사람인가?
- 불의를 행하였다면 응분의 대가를 치렀는가?
- 절제와 정의는 생각하지 않고 나에게 또는 남에게 아첨하며 살고 있지 않은가?

옛 대화가 주는
경이로움

그대들 중 누구라도 내가 나 자신에게 동의하는 것이
진실이 아니라고 생각되면 이의를 제기하며 논박해야 하오.
나는 전문가로서 알고 말하는 것이 아니라,
여러분과 함께 공동으로 탐구하고 있기 때문이오.

— 플라톤, **고르기아스**

사람은 살아가면서 많은 대화를 하고 산다. 눈을 뜨면 아침부터 곁에 있는 가족들에게 안부와 늘 하는 소소한 대화부터 직장에서 이루어지는 사무적이고 형식적인 대화도 있을 것이다. 많은 대화를 하면서도 내 생각을 정확히 잘 전달했는지 반성하며 대화를 더 잘해야겠다고 생각해 본 적은 없었다. 학교 다닐 때 가끔 이루어진 발표수업에서는 대화보다는 강의형식에 가까워 하나라도 더 전달하기 위해 컴퓨터 프로그램과 같은 시각적인 도구를 사용하여 전달하고 설득하기에 급급했다. 상대방과 일대일로 대화가 이루어질 때엔 마치 물이 흘러가 버리듯 다시 돌이켜 담아내기가 힘들기에 더더욱 대화의 내용이나 형식을 복귀해보기가 쉽지가 않다. 대화 속에서 어떤 문제를 제기하였다면, 그 문제의 뜻이 분명해지고 문제를 해결하기 위한 앎의 과정이 연속적이고 끊임없이 이루어져야 한다. 하지만 나름대로 답을 제시해 보다가 그만두게 되거나, 다른 일들 때문에 더는 한가하게 문제를 생각할 여유가 없다고 미루게 되는 것이 대부분이었다.

단순히 누군가 설득력 있게 말을 잘하는 것을 보면 그 사람은 타고난 것이겠거니 하고 치부했는데 지금 생각해 보면 대화 속의 논리를 어떻게 전개해 나아가야 할지를 모르기 때문에 주저앉아 버리는 경우도 많았다. 오히려 대화의 본질이나 내용에 집중하기보다는 대화를 나누는 말소리의 크기, 표정 심지어 장소, 분위기와 같은 외적 요소가 대화를 이끌어 가는 중요한 요소라고 생각한 것 같았다.

순수하게 대화에 관한 내적인 탐구를 해 본 적이 없는 내가 고르기아스를 펼쳐서 읽는 순간 마치 한 편의 전쟁영화를 보는 것 같은 착각과 함께 짜릿한 경이로움을 느꼈다. 소크라테스가 살았던 시대를 풍미했던 수사학자인 고르기아스와 폴로스, 그리고 연설가 칼리클레스와의 대화에서 소크라테스는 엄청난 양의 반문을 쏟아내며 그들로부터 무수한 공격을 끈질기게 수비를 하고 있었다. 소크라테스의 논박에 그들이 논리적 허점에 빠져 어쩔 줄 모르고 모순임이 드러나는 순간 대화는 희극(comedy)이 된다. 그는 일상생활에서 평범하게 사용했던 언어를 당연하게 생각하지 않고 계속하여 질문을 던진다. 상대편이 단어를 정의하면 동의를 하고 그 단어 간의 포함 관계에 대한 지식을 가질 수 있도록 쉬운 질문을 하여 대화를 이어나간다. 명확하게 정의한 언어를 사용하여 자신의 논리를 대화 속에서 전개하는 힘은 가히 상대를 압도하고도 남는다. 자주 사용하는 말에 대해서도 자신이 쉽사리 정의하지 않고 상대를 통하여 그 뜻을 말하도록 하여 상대방을 대화 속으로 계속 끌어들이면서 자신이 가진 지식을 자연스럽게 전달하려는 것이다. 때로는 자칫 언어의 표현이나 의미에 매달려 본래 인간이 지녀야 할 넓은 의미의 가치나 경험을 추구하기보다는 형식에 얽매이는 것처럼 느껴지기도 한다.

소크라테스 : 더없이 훌륭한 칼리클레스여, 자네가 나를 비난하는 것과 내가 자네를 비난하는 것이 서로 다르다는 것을 알겠는가? 자네는 내가 매번 같은 말을 되풀이한다고 주장하며 나를 비난하는 반면, 나는 정반대로 자네는 같은 주제들에 대해 결코 같은 말을 하지 않는다고 비난하네.

그러나 플라톤이 기록해 놓은 소크라테스와의 대화를 자세히 정독해 본다면 그 형식이 불필요한 것이 아니라 대화를 전개하면서 완전하고 필수불가결한 것으로 생각한다. 흔히 들어본 삼단 논법, 변증법, 산파술, 문답법에 대해 알아보고, 그리고 예전에 국어 시간에 배웠던 모순, 자가당착, 자승자박이라는 말들은 새롭게 공부해야 할 것 같았다. 역사적으로는 펠로폰네소스 전쟁부터, 참주정, 과두제, 도편추방(ostrakismos)법과 같은 정치사와 페리클레스, 호메로스와 같은 인물을 접하면서 나의 인문학적 소양이 좀 더 길러지는 계기가 되었다. 그리고 소크라테스의 죽음이 왜 서양철학의 출발이 되었는지를 이해할 수 있도록 그의 논리나 대화법을 통해 살펴보았다. 본문 속 대화를 심층적으로 고민해 보면서 직접 소크라테스의 지적 탐구에 대한 열정을 느껴보고 싶었다.

1. 소크라테스 : (중략) 마치 내가 처음부터 다시 묻기를 시작하는 것처럼 대답해주게. 자네는 어느 쪽이 더 나쁘다고 생각하나? 불의를 행하는 쪽인가, 불의를 당하는 쪽인가?
2. 폴로스 : 불의를 당하는 쪽이라고 생각해요.

3. 소크라테스 : 어느 쪽이 더 수치스러운가? 불의를 행하는 쪽인가? 불의를 당하는 쪽인가?

4. 폴로스 : 불의를 행하는 쪽이겠죠. (중략)

5. 소크라테스 : 수치스러운 것이 무엇인지 정의하려면 고통과 나쁨을 이용해야겠지? (중략) 두 개의 수치스러운 것 중에 어느 하나가 더 수치스럽다면, 고통과 나쁨이라는 두 측면 중 한 측면에서 또는 두 측면 모두에서 다른 것을 능가하기 때문에 더 수치스러운 것일세.

6. 폴로스 : 당연하고말고요. (중략)

7. 소크라테스 : (중략) 불의를 행하는 것이 더 수치스러운 것은 그것이 불의를 당하는 것보다 고통의 측면에서 더 고통스럽고 또는 나쁨의 측면에서 또는 두 측면 모두에서 불의를 당하는 것을 능가하기 때문이 아니겠는가?

8. 폴로스 : 왜 아니겠어요? (중략)

9. 소크라테스 : 불의를 행하는 것이 고통의 측면에서 불의를 당하는 것을 능가하지 않겠구먼.

10. 폴로스 : 분명 능가하지 않아요.

11. 소크라테스 : 고통의 측면에서 능가하지 않는다면, 두 가지 측면 모두에서도 능가하지 않겠구먼.

12. 폴로스 : 능가하지 않는 것 같아요.

13. 소크라테스 : 그렇다면 남아 있는 유일한 가능성은 다른 측면에서 능가하는 것일세. 나쁨의 측면에서 말일세.

14. 폴로스 : 그런 것 같아요.

15. 소크라테스 : 그렇다면 불의를 행하는 것이 불의를 당하는 것보다 더 나쁜 것은 그것이 나쁨의 측면에서 불의를 당하는 것을 능가하기 때문이구먼.

16. 폴로스 : 분명 그래요.

먼저, 소크라테스는 '불의를 당하는 것이 나쁘며, 불의를 행하는 것이 수치스럽다.'는 주장을 펼치는 폴로스에게 확인을 한다. 명제를 정하는 과정으로 논박이 이루어질 주제를 명확히 하는 과정이 1번에서 펼쳐진다. 위의 인용된 대화 가운데 생략되었으나 '훌륭하다, 즐겁다, 유익하다'라는 말을 폴로스가 인정하고 수긍할 수 있도록 정의한다. 이때, 우리가 활동하는 소리나 색깔, 형태 등 모든 영역에 비추어 이해시켜서 학문 분야에도 적용됨을 주지시킨다. 자연스럽게 반대개념인 '나쁘다, 수치스럽다, 고통스럽다.'와 같은 단어들의 상하 포함관계를 설명한다. 이 단어들이 1번과 3번처럼 질문을 시작할 때 이미 소크라테스는 모순을 끌어낼 중요한 역할을 할 단어들을 포석해서 질문을 시작한다.

5번에서 모든 영역에서 수치스럽다는 것은 나쁨의 측면, 고통의 측면, 그리고 이 두 측면 모두를 만족할 수 있다고 세 구역을 나누어 정의한 뒤, 7번처럼 불의를 행하는 행위가 수치스러운 것에 적용한다. 그러면 불의를 행하는 것은 9번처럼 고통스럽지도 않고, 11번처럼 두 측면 모두도 만족하게 하지 않으므로 13번에서 남은 한 구역인 나쁘다고만 결론이 난다. 7번에서 불의를 행하는 것이 더 수치스럽다는 가정으로부터 15번과 같이 불의를 행하는 것이 더 나쁘다는 결론을 얻어서 불의를 당하는 것이 더 나쁠 것이라고 주장한 폴로스를 항복시킨다. 이러한 모순을 끌어내기 까지는 수치스럽지만, 고통스럽지 아니하면 결국 나쁠 수밖에 없다는 포함관계가 결정적으로 작용한다. 결과적으로 소크라테스가 상대와의 대화를 시작하기 전에 이러한 논리 전개의 틀을 짠 상태에서 상대가 쏟아내는 생각과 단어들을 자기 생각 속으로 끌어당겨 한 개의 퍼즐게임을 하는 형식과 같다.

여기서 놀라운 것이 또 하나 있는데 소크라테스 자신이 하고 싶은 말을 생각하는 동시에 상대가 하는 말을 하나하나 놓치지 않고 따로 생각하고 있다는 것이다. 어쩌면 그가 중언부언하는 사이 이런 생각을 할 시간을 벌고 있는지도 모르겠으나 분명 그러한 반복도 상대방이 한 말을 정리할 수 있도록 시간을 주어 배려하고 있는지도 모른다. 자신의 논리를 생각하는 공간과 상대의 논점을 파악해서 이것을 구체화하고 정리하는 공간이 머릿속에 따로 있는 것으로 보아 엄청난 집중력과 다중작업이 가능하다는 점에서 어찌 보면 오늘날 인공지능도 범접할 수 없는 영역이 바로 인문학이고 대화가 아닐까 싶다.

폴로스는 끊임없이 질문에 대답할 때 소크라테스의 생각에 동의나 수긍의 표현만 계속하는 것을 보면 그도 점차 소크라테스의 논리대로 이끌려 감을 알 수 있다. 그러나 이는 상대를 어떤 물리적인 힘으로 항복하게 하거나 무례하게 하는 것이 아닌 오로지 논리 하나였기에 나는 소크라테스의 위대함을 느끼고 이러한 사실을 이제야 깨달은 내가 한없이 작게만 느껴졌다.

폴로스를 굴복시키는 대화에서 느낀 치밀함과 속 시원한 논리적 전개도 잠시 곧이어 칼리클레스는 뒤에 나타나 이렇게 비판을 한다.

칼리클레스 : (중략) 그대는 진리를 추구한다고 주장하시지만 사실은 대중에 영합하는 저속한 생각들 쪽으로, 자연적으로 훌륭한 것이 아니라 관행적으로 훌륭한 생각들 쪽으로 토론을 이끌고 가요. 자연과 관행은 서로 상반되지요. 그래서

누가 난처하여 자기 생각을 말하지 않으면 자가당착에 빠질 수밖에 없어요. 그대도 바로 이런 계략을 생각해내어 토론에서 행패를 부리는 거고요. 누가 관행의 관점에서 말하면 그대는 자연의 관점에서 묻고, 누가 자연의 관점에서 말하면 그대는 관행의 관점에서 묻는 거죠. (중략) 폴로스는 관행의 관점에서 더 수치스러운 것에 관해 말하는데, 그대는 자연의 관점에서 그의 주장을 공박했어요. 자연에서는 불의를 당하는 것처럼 더 나쁜 것은 무엇이든 더 수치스럽지만, 관행에 따르면 불의를 행하는 것이 더 수치스럽기 때문이지요.

사람들 사이에 행해지는 관습상 한 개인이 대중보다 더 많이 가지려고 하는 것은 불의를 행하는 것이고 수치스럽게 여겨진다. 그러나 더 유능한 사람이라면 더 무능한 사람보다 더 많이 갖는 것이 자연의 법칙에서 강자가 약자를 지배하는 정의의 본성을 따르는 것이므로 타당하다고 보는 것이다. 그러면서 칼리클레스는 소크라테스에게 자연적 관점과 관행적 관점의 상반된 입장에서 모순을 끌어내는 전략으로 궤변만 늘어놓는 껍데기만을 다루는 학문이 바로 철학이라고 공격한다. 심지어 훌륭한 자질을 타고난 사람을 더 못한 사람으로 만드는 기술이라고 철학을 비하하기도 한다. 철학에 대한 인신공격에도 소크라테스는 흥분하거나 흔들리는 기색 없이 차분히 대응한다.

논의가 길어지면서 소크라테스는 통치자는 절제 있고 자제력이 있어 자기 안의 쾌락과 욕구를 다스릴 줄 알아야 한다고 주장한다. 그러나 칼리클레스는 올바르게 살아가려는 사람은 완전히 만족할 수 있는 절제 있는 생활방식보다는 자신의 욕구를 최대한 커지도록 하고, 자신의 쾌락을 충족시키는 무절제한 삶을 추구하자고 주장한다.

또 칼리클레스는 소크라테스에게 철학을 버리고 자신과 같이 정계에 진출하기를 권한다. 그는 자기 생각이 옳고 상대방의 말은 틀린 것으로 간주하여 그는 소크라테스를 자기 생각과 같게 만들려고 하는 것이 이기는 것으로 생각한다. 하지만 소크라테스는 그를 일부러 자기 생각으로 굴복시키려 하지 않는다. 소크라테스는 이런 토론을 통해 자신 또한 새로운 배움을 얻는다. 이것이 하나의 싸움이라고 생각한 내가 부끄러울 만큼 상대인 칼리클레스를 이해하려 하고 그의 생각과 자기 생각을 맞추어 새로운 사실로 끌어낸다. 그리하여 연설가 칼리클레스가 도덕철학에 기초하여 대중을 행복한 삶으로 이끄는 진정한 정치가가 되도록 인도한다. 소크라테스의 토론 목적은 결국 가르침이다. 불의를 당하지 않기보다는 불의를 행하지 않도록 더 조심해야 하며 실제로 훌륭한 사람이 되도록 노력하여 어떤 이가 불의를 행한다면 처벌을 받고 응분의 대가를 치를 수 있도록 설득하여야 한다는 것이다.

소크라테스 : 내가 내 인생에서 잘못을 저지르는 일이 있으면, 잘 알아두게. 내가 일부러 잘못을 저지르는 것이 아니라 내가 무지해서 그러는 걸세. 기왕 나를 핀잔주기 시작했으니 자네는 중도에 그만두지 말고 내가 무엇을 추구해야 하며, 어떻게 해야 목표를 달성할 수 있는지 분명하게 보여주게. 그리고 내가 오늘 자네에게 동의해 놓고 훗날 내가 동의한 대로 하지 않는 것을 발견하면, 그때는 나를 바보 멍청이로 여기게. 그리고 나는 전혀 가망 없는 사람이니 다시는 나를 핀잔주는 수고도 할 필요가 없네.

철학이 요구하는 것은 먼저 자기 생각을 올바르게 나타내는 것이라고 할 수 있다. 소크라테스가 대화에서 모호한 표현을 허용하지 않는 것은 이 때문이다. 어쩌면 그가 오랫동안 기억되는 이유도 그가 대화를 통하여 객관적 진리를 탐구하고자 하는 정열을 불태웠기 때문이다. 그는 자신의 대화 상대가 주는 핀잔도 기꺼이 받아들인다. 자신이 올바르게 변화할 수 있는 배움을 얻기 위해 평생 토론을 한다.

오늘날 상대와 소통하라고 할 때 자신을 내려놓으라고 얘기하는 대화의 기법을 소크라테스는 이미 여기서 보여준다. 자신은 이해가 가지 않고 부족하다고 실토하며 상대에게 솔직하게 대화하도록 하는 그의 심리술 또한 그 정점에 달했다.

〈태조 왕건〉이라는 드라마에서 궁예가 관심법을 휘두르며 폭정을 일삼는 장면이 나온다. 상대방의 마음을 꿰뚫어 보는 듯한 말로 상대를 압도하고 지배하기 때문에 그와 말하는 백성들은 아무런 말도 하지 못하고 지배당한다. 그것은 궁예의 전지전능함을 드러내기 위한 전략일 것이다. 그러나 소크라테스는 이와는 반대로 오히려 자신이 부족하기에 상대가 더욱더 자신을 이기기 위해서 논리나 비유, 예를 마음껏 펼치게 한다. 그는 이것을 잘 듣고 있다가 나중에 이것을 토대로 다시 자신의 견해와 생각을 덧붙여 상대를 설득하는 전술을 펼친다. 정반합이나 변증법처럼 상대와 자신의 정반대되는 생각으로부터 새로운 하나를 도출하고 발견하는 소크라테스 대화법은 미지의 세계를 탐험하는 것과 유사하다. 미지의 영역을 함께 탐험하는 것은 우리가 마음만 먹으면 시도해볼 수 있는 대화의 자세이다.

자기 생각을 정확히 표현하고, 상대편이 말하는 의미를 정확히 이해하기는 쉽지 않다. 남이 하는 말을 제대로 알지 못하여 오해하고 실수를 저지르기도 한다. 침묵은 금이라는 말도 무조건 말을 줄이라는 의미가 아니라 상대편의 말을 충분히 이해한 후 자기 생각을 말하라는 의미일 것이다. 훌륭한 대화는 서로에게 유익한 대화여야 한다. 소크라테스처럼 서로 탐험하고 검토하는 마음으로 대화하는 습관을 기른다면 자신의 취지를 좀 더 분명하게 표현하면서 상대의 입장도 충분히 이해하는 여유가 생길 것이다.

토론의 대가
소크라테스는 왜?

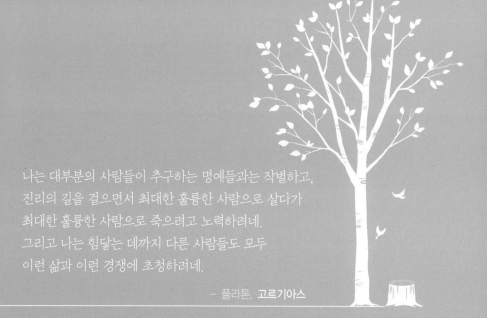

나는 대부분의 사람들이 추구하는 명예들과는 작별하고,
진리의 길을 걸으면서 최대한 훌륭한 사람으로 살다가
최대한 훌륭한 사람으로 죽으려고 노력하려네.
그리고 나는 힘닿는 데까지 다른 사람들도 모두
이런 삶과 이런 경쟁에 초청하려네.

— 플라톤, **고르기아스**

인문학에서 소크라테스가 등장하는 플라톤의 책은 빠질 수 없다. 매년 한 차례씩은 꼭 그의 책을 읽게 되니 말이다. 지금까지는 유명한 소크라테스의 변론, 파이돈, 국가, 향연 등을 읽었었는데 올해는 소크라테스가 소피스트들과 나눈 대화를 기록한 「고르기아스 프로타고라스」를 읽게 되었다. 이 작품들은 플라톤의 저서를 초기, 중기, 후기로 나누었을 때 중기 작품에 해당한다.

이 책은 크게 두 편의 이야기로 구성되어 있다. 첫 번째 편은 소크라테스가 칼리클레스의 집으로 가 그곳에서 머물고 있던 고르기아스와 그의 제자들과 함께 설득에 관해 차례로 나눈 대화를 기록한 것이다. 그리고 두 번째 편은 소크라테스가 칼리아스 집에 머물고 있던 프로타고라스를 만나 미덕에 관해 나눈 대화편이다.

그 중 첫 번째 대화편인 「고르기아스」에서 다시 만나게 된 소크라테스의 대화 진행 방법에 대해 말하고 싶다. 이 대화편을 읽으며 나는 대화의 상대가 그 자신이 펼친 모순된 논리에 대해 결국 모순이 된다고 인정할 수밖에 없게 만들어 곤란한 지경에 빠지게 하기 달인이며 논파의 전문가인 소크라테스의 대화 스타일을 다시 만났다. 이전의 책들에서 그는 점잖은 말을 써가며 상대를 곤란하게 만들었다면 이 책에서는 아예 대놓고 면박을 주는 그를 만날 수 있는데 이 장면에서 나는 난감하여 어쩔 줄 모르는 대화 상대인 고르기아스와 논파에 성공해 짜릿함을 느꼈을 소크라테스의 모습을 상상해보며 입가에 미소가 떠올랐다. 소크라테스가 왜 이렇게 상대방을 곤란하게 만들어 가며 대화를 즐기는지는 책의 끝에 밝혀 두었다.

소크라테스는 그 시대의 훌륭한 연설가이자 여러 제자를 두고 있는 고르기아스에게 그 자신이 지닌 기술의 힘이 무엇이며, 제자들에게 무엇을 얻게 해주겠다고 약속하고 가르치는지 묻는다. 그러나 결코 소크라테스는 미리 읽어둔 논문에서 자신이 파악하고 있는 수사학의 정의를 먼저 꺼내 보이지도 않고 처음부터 상대에게 결정적인 질문을 하지 않고 서서히 상대에게 자신이 쳐놓은 토론의 장으로 들어오도록 한다.

먼저 수사학을 찬미하는 고르기아스의 말을 들어보자.

고르기아스 : 나는 수사학에 정통하오. (중략)
고르기아스 : 소크라테스, 그것은 진실로 가장 좋은 것으로, 인류에게는 자유의 원천이자 개인에게는 자신이 속한 공동체에서 다른 사람들을 지배할 수 있는 힘의 원천이라오.

고르기아스는 이러한 힘의 원천을 설득이라고 말한다. 이러한 주장에 소크라테스는 그냥 수긍하는 것이 아니라 다시 설득이란 대체 무엇이며, 무엇과 관련이 있는지 설명해 달라고 부탁하는데 여기에 대한 그의 말이 인상적이다.

소크라테스 : 내가 왜 그대에게 설명해달라고 부탁하고, 어렴풋한 짐작이기는 해도 나 자신이 말하지 않느냐고요? 그것은 그대에게 개인적인 감정이 있어서가 아니라, 토론을 위해서요. 나는 논의 중인 주제를 우리가 되도록 명확히 볼 수 있는 방법으로 토론이 진행되었으면 좋겠소.

소크라테스는 위와 같이 상대방에게 설명해달라고 함으로서 우리가 대화 도중 흔히 저지르는 실수인 상대방의 말뜻을 지레짐작하지 않게 된다고 한다. 그러면서 자신이 원하는 토론은 서로 배우고 가르치며 진실을 밝히는 것뿐이라고 이야기한다. 우리가 대화할 때 가장 기본적인 전제인 주제에 대한 합의가 제대로 이루어지지 않은 채로 토론이 진행된다는 점이다. 상대가 하는 말의 모호성이나 애매함을 느끼면서도 실례를 저지르지 않기 위해, 또는 자신의 무지가 드러날까 염려하여 그냥 넘어가는 경우가 있다. 이것이 소크라테스가 염려하는 토론의 문제점들이다. 그가 염려하는 가장 큰 문제는 논의 중인 주제를 고찰하는 대신 토론에서 상대방을 이기려 든다는 것이다. 토론에 익숙하지 않은 나는 상대방이 내 말을 반박하면 마치 내 말이 아닌 나를 공격하는 것처럼 느껴져 말의 논리가 아니라 무조건 싸워서 이겨야 할 것 같은 기분이 된다. 그렇다고 해서 소크라테스가 항상 토론 상대자에게 너그럽기만 한 것은 아니다. 소크라테스는 상대가 자신의 질문 의도에 빗나간 의견을 길게 말하면 동문서답을 하고 있으니 좀 자제해달라고 과감하게 말한다.

처음 플라톤의 책을 접하게 되었을 때는 도대체 무슨 말을 하려는 것인지 읽는 도중 헤매다 처음부터 다시 읽기를 여러 번 하였고, 천천히 곱씹어야 했다. 소크라테스 대화법에 조금 익숙해진 지금은 그가 무엇을 말하고자 하는지 어떤 방식으로 전개해 나가는지 조금은 알게 되었다.

천재적인 철학자이며 토론가인 소크라테스는 왜 사람들에게 듣기 좋은 얘기를 주고받는 삶에 만족하지 않고 치열한 토론으로 적을 만들며 살았을까?

나는 대부분의 사람들이 추구하는 명예들과는 작별하고, 진리의 길을 걸으면서 최대한 훌륭한 사람으로 살다가 최대한 훌륭한 사람으로 죽으려고 노력하려네. 그리고 나는 힘닿는 데까지 다른 사람들도 모두 이런 삶과 이런 경쟁에 초청하려네.

소크라테스는 자신만이 아니라 다른 사람들도 스스로 훌륭해지는 일을 하면서 사는 세상을 만들고 싶었다. 세상에서 추구하는 명예를 따라가느라 피로에 지친 삭막한 삶보다 더 행복한 삶이 무엇인지 토론을 통해 서로 배우고 실천하기를 바라는 스승의 길을 걸었다.

요즘은 한 개인이 지닌 창의력이 힘을 발휘하는 시대이고 각자가 지닌 콘텐츠가 무엇보다 중요한 시대라고 말한다. 그러나 곰곰이 생각해보면 내가 알고 있는 지식이나 생각 대부분은 언론이나 지식을 선도하는 사람들이 던져주는 말이나 논리가 아무런 여과 없이 일방적으로 스며든 것임을 알게 된다. 슬그머니 내 안에 들어와 마치 나 자신의 것인 양 자리 잡고 있다.

소크라테스처럼 토론으로 서로의 지식을 검토하는 습관이 필요하다. 나를 설득하려는 상대방으로부터 배우고 나의 논리를 펼쳐나갈 힘을 기르기 위해서는 다양한 지식과 정보를 수집하고 정리하는 습관을 만들어야 한다. 그렇게 하는 것이 나 자신뿐만 아니라 우리 사회가 좀 더 성숙한 문화를 이루어 나가는 데 도움이 될 것이다.

우리가 이왕 글
자를 배운이상
최고의 작품들
을 읽어야 할
것이다.

북한의 핵미사일에
어떻게
대응할 것인가?

타인의 무기와 갑옷은
당신의 힘을 떨어뜨리거나, 몸을 압박하거나,
아니면 움직임을 제약할 뿐입니다.

― 니콜로 마키아벨리.. **군주론**

우리에게 안보의 위협이 되는 북한의 김정은은 마키아벨리의 「군주론」을 읽고 실행에 옮기고 있는 것 같다. 경제적으로 정치적으로 그리고 외교적으로 앞설 수 없는 북한의 정권에서 자신들이 처할 수 있는 우선의 과제가 어느 나라도 함부로 위협할 수 없도록 무장하기 위해 선택한 것이 '핵미사일'이다. 이런 상황에서 우리나라는 안보에 위협을 받고 있으며 외교적으로 어려움에 처해 있다. 미국과 중국이라는 대국의 사이에서 우리나라는 예부터 정치적으로 독립적이지 못하였고, 외세의 각축장으로 나라와 국민을 내어주어야 했다. 지금도 그런 상황에 놓이게 되고 말았다.

우리나라와 비슷한 처지의 고대 로마제국 영광의 땅 이탈리아는 중세를 거치며 교황권과 황제권을 사이에 두고 유럽의 각축장으로 끊임없는 외세의 침략 속에서 독립과 통일을 유린당했다. 상인과 귀족의 도시 베네치아, 밀라노, 그리고 피렌체 가문의 영광은 역사 속에 묻혔으며 '야만족의 폭정'으로 유럽의 변방으로 전락하고 만다.

역사적 통찰을 통한 안목을 가진 마키아벨리가 통치 역량과 군사력을 겸비한 체사레에게 이탈리아 독립의 희망을 걸며「군주론」을 썼다. 조국 이탈리아를 구출하기 위한 마키아벨리의 조언은 우리나라의 어려움을 해결하는 데 도움이 될 것이다.

원군은 그 자체로서는 유능하고 효과적이지만, 원군에 의지하는 자에게는 거의 항상 유해한 결과를 가져다줍니다. 왜냐하면 그들이 패배하면 당신은 몰락할 것이고, 그들이 승리하면 당신은 그들의 처분에 맡겨지기 때문입니다.

현명한 군주는 항상 이런 군대를 이용하는 것을 피하고 자신의 군대를 양성합니다. 그들은 외국 군대를 이용하여 정복하는 것보다는 차라리 자신의 군대로 패배하는 것을 택합니다.

체사레 보르자는 원군과 용병에 의존했으나 결국 자신의 사람들로 군대를 편성하는데 그가 자신의 군대를 명실상부하게 장악한 것을 만인이 보았을 때, 그는 더 위대하게 되었으며, 그 어느 때보다도 존경을 받았습니다.

자신의 무력에 근거하지 않는 권력의 명성처럼 취약하고 불안정한 것은 없다.

우리나라의 안보가 위협받고 있는 지금 미국 군사력의 도움 없이는 북한의 위협을 막을 수 없는 현실이다. 이런 상황에서 미국의 사드 배치 요구를 들을 수밖에 없으며 중국으로부터는 사드 보복을 당하고 있다. 아직도 외세의 눈치를 보아야 하는 대한민국의 모습이 슬픈 현실이다.

북한은 알아야 한다. 인류를 향한 무력의 사용은 최우선으로 북한 정권의 괴멸을 자초하며 북한과 우리나라를 미국과 중국의 힘의 각축장으로 내어주는 꼴이 된다는 것을……

미국은 결국 자국의 이익을 추구하는 외세일 뿐이다. 우리나라는 우리 군대의 힘을 더 키워야 하며, 나라의 힘을 더 길러 우리의 힘으로 통일 조국을 이루는 날을 더 앞당길 수 있도록 국민의 힘을 한데 모아야 할 것이다. 우리 정부는 군대의 힘을 길러 나가고, 안보의 위기 상황을 헤쳐갈 수 있도록 다각도의 연구와 외교전을 펼쳐야 한다.

군주는 항상 군무에 관심을 가져야 하며 평화시에도 전시보다 더 많은 관심을 가져야 합니다. 이를 실천하는 데에는 두 가지 방법이 있는데, 하나는 훈련이고, 다른 하나는 연구입니다.

군주는 그 지역의 강력한 국가를 약화시키도록 노력하며, 어떠한 돌발적인 사태로 인해서 외부의 국가가 개입하지 않도록 만반의 태세를 갖추어야 합니다. 지나친 야심이나 두려움으로 인해서 불만을 품은 자들은, 언제나 강력한 외세를 끌어들이기 마련입니다.

변화에 반대하는 세력들은 혁신자를 공격할 기회가 있으면 언제나 전력을 다하여 공격하는 데에 반해서, 그 지지자들은 반신반의하며 행동할 뿐입니다. 따라서 개혁적인 군주와 미온적인 지지자들은 큰 위험에 처하게 마련입니다.

아직 힘이 부족한 혁신 정부는 여러 곳에서 공격당하고 시험대에 놓이고 있다. 이럴 때일수록 자신의 역량을 통해 위험을 극복해 나가야 할 것이다.

우리가 이왕 글
자를 배운이상
최고의 작품들
을 읽어야 할
것이다.

한 사람이 거대한
힘을 갖는 순간

불굴의 의지를 가진 감시인들이 자유를 보호하지 않으면
막강한 권력의 행정관은 곧 독재가로 전락한다.

– 에드워드 기번, **로마제국 쇠망사**

인문학 동행을 통해 「로마제국 쇠망사」를 만난 것은 행운이었
다. 에드워드 기번의 아름다운 문체를 만난 것도 그렇고, 이 세상
에서 가장 오랫동안 번영을 누렸던 로마제국의 역사적 지리적 정
치적인 면 등을 대할 수 있었던 것도 '인문학 동행'과 함께했기 때
문이다. 에드워드 기번은 20년간이라는 시간을 들여 「로마제국
쇠망사」를 썼다. 이것은 막대한 일이며, 기번의 이와 같은 노력이
없었다면 우리는 로마의 역사를 이렇게 생생하게 만나지는 못했으
리라.

　기번은 1737년 영국에서 태어나 부모님의 무관심과 잦은 병치레로
남다른 어린 시절을 보냈으나, 다양한 역사서를 탐독하며 역사가로
서의 자질을 쌓아간다. 아버지의 사망으로 개인적인 독립을 부여받
게 된 기번은 놀라운 에너지를 쏟아 부으며 로마제국 쇠망사를 집필
해 간다.

　거대한 로마제국의 주요 정복은 공화정 시대에 이루어졌으며 아우

구스투스는 더 이상의 전쟁을 벌여 보았자 얻는 것보다 잃는 것이 더 많을 것이라는 판단 아래 제국의 경계를 서쪽으로는 대서양, 북쪽으로는 라인 강과 도나우 강, 동쪽으로는 유프라테스 강, 남쪽으로는 아라비아와 아프리카 사막으로 국한하라는 충고를 유산으로 남긴다. 그렇게 큰 제국을 만들기도 어려울뿐더러 지탱해 나가는 것은 더욱 어려웠을 것이다.

초기의 로마의 황제들은 자신에게 맡겨진 대제국을 지탱하기 위해 군대를 잘 활용하였다. 황제 자신이 군인이었으며, 직접 군을 통솔하고 정복 전쟁에 직접 나섰다. 로마 군인은 규율이 엄격했으며, 군사 훈련을 철저히 해나갔다. 황제들의 통치하의 군단들은 황제를 떠받치는 실제적인 힘이었다.

로마 제국은 군대를 이용한 광범위한 지배와 막강한 힘 외에 온건 정책으로 수많은 속주민을 로마인으로 만들어갔다. 로마 정부의 일반적인 원칙은 현명하고 단순하며 이로운 것이었다. 속주민들은 종교를 그대로 유지할 수 있었으며, 로마 시민의 명예나 혜택을 별 차별 없이 누릴 수 있었다. 이 제도가 거대한 로마제국을 오랫동안 지탱해 주었다.

아테네와 스파르타는 외래의 피를 섞지 않고 시민의 순수한 혈통을 유지하고자 한 편협한 정책 때문에 더 이상 번영하지 못하고 쇠퇴와 몰락의 길을 걸었다. 그러나 로마는 공허한 자존심 대신 야망을 택했다. 로마인들은 노예나 이방인, 적이나 야만족 모두에게서 장점과 미덕을 취해 자기 것으로 만드는 것이 더 사려 깊고 영예로운 일이라고 생각했다.

또한 덕망 높은 황제와 귀족들은 국가와 국민을 위한 콜로세움 같은 건축물을 지어 시민의 복지를 존중했으며 반면 공화정 체제의 개인 주택은 수수하고 단순했다. 국가적 차원에서 건립된 그리고 귀족 개인의 재력을 이용한 시민을 위한 많은 공공시설들은 로마시민으로서 누릴 수 있는 특권이었으며 자긍심이었다.

그러나 오랜 기간 단일 정부로서의 로마는 공화정 체제가 군주정으로 넘어가면서 결국 쇠퇴의 길로 접어들게 된다. 학문의 사랑, 세련된 취미와 문학에 대한 열정은 지속된 모방으로 천재성을 잃어갔으며, 천재성의 쇠퇴는 취향의 타락으로 이어졌다.

군주정이란 그것이 무엇이라고 불리든 한 사람에게 법률 집행과 세입 관리와 군대 통솔권이 모두 위임되어 있는 국가의 정치 체제를 의미한다. 그러나 불굴의 의지를 가진 감시인들이 시민적 자유를 빈틈없이 보호하지 않는다면, 그토록 막강한 권력을 지닌 행정권은 곧 독재자로 전락하고 만다. (중략)

이 세상에 나타났던 다양한 정부 형태 중에서 가장 풍부한 조소 거리를 제공하는 것은 세습 군주제인 것 같다. (중략)

대중이 직접 군주를 선출하는 이상적이기는 하지만 아주 위험하기도 한 사태를 저지하는 편리한 방책으로서 세습 군주제를 기꺼이 수용할 수도 있다는 말이다.

옥타비아누스 즉 아우구스투스는 속주의 통치권과 군대의 총지휘권을 부여받았으며 결국 평시에 수도에서 근위대를 거느리며 군대의 지휘권을 유지할 권리를 승인받는다.

행정의 모든 권한이 한 사람의 최고 행정관에게 위임되자 일반

행정가들은 힘을 잃고, 민회는 폐지되었으며 다음 절차는 황제의 신격화 그리고 군대의 복종에 이어서 후임자의 지명, 마지막으로 세습 체제로 전환되는 과정을 밟게 된다.

아우구스투스 황제에 의해 모든 권력이 황제에게로 넘어간 이후 80년 동안 폭군들 치하에서 로마인들은 고통받게 된다.

잔인한 콤모두스, 근위대의 불만을 산 페르티낙스, 근위대의 폐혜, 재물을 주고 황제를 샀으나 참수당한 율리아누스, 로마 제국의 쇠망을 초래한 세베루스, 세베루스의 두 아들의 제국 분할, 황제의 죽음에 관여한 마크리누스, 악덕한 엘라가발루스, 그리고 전쟁의 패배로 로마제국을 긴 내분과 재앙으로 내몬 알렉산데르 세베루스……

황제들은 모든 권력을 손에 넣었으나 그들 주위에는 아첨꾼들이 득실거렸고, 지혜와 절제가 없는 황제와 생각과 취미가 비슷한 사람들만 그 주위에서 막강한 힘을 누렸다. 그 기간 동안 대부분의 황제들은 결코 행복한 영예를 누릴 수 없었다.

로마 황제들이 처한 상황은 매우 불행했다. 그들의 행적이 어떠했든 그 운명은 모두가 동일했다. 평생 쾌락에 탐닉했든 덕스러웠든, 가혹했든 관대했든, 나태했든 영광스러웠든 불시에 죽음을 맞이했다는 점에서는 모두 마찬가지였다. 거의 모든 치세가 반역과 살인이라는 혐오스러운 일이 되풀이되면서 막을 내렸다.

로마 제국의 쇠망사에서 등장하는 온갖 종류의 황제상 그리고 황제를 둘러싼 가신들, 다양한 측면에서 다루어진 로마의 쇠퇴 과정이 흥미로웠다. 또한, 역사적 관점으로 서술된 그리스도교의 발달 과정이 독특했다.

그리고 대로마제국 황제의 자리에 오른 후의 세베루스에 관한 일화가 떠오른다.

일단 황제의 지위에 오른 다음에는 만족감이 지속될 수 없다. 이 우울한 진리가 세베루스 황제에게도 그대로 적용되었다. 그는 "모든 것이었지만 그 모든 것은 아무 가치가 없었다." 제국을 얻기 위한 것이 아니라 그것을 유지하기 위한 노고 때문에 지치고, 노쇠함 때문에 나약해지고, 명성에도 관심이 없었으며, 권력에도 싫증나 버린 세베루스 황제는 삶의 모든 가능성은 이제 사라졌다고 생각했다.

이에 반해 로마제국에서도 절제와 정의로 나라를 다스린 아래와 같은 황제들도 있었다.

네르바, 트라야누스, 하드리아누스 황제와 두 안토니누스 황제는 시민 정부 체제를 신중하게 지키면서 자유로운 세태에 기뻐했고, 자신들을 법의 대리인이라고 생각하며 만족했다. 이 군주들은 미덕에 대한 순수한 긍지를 느끼고 자신들이 만들어낸 국가적 행복을 바라보는 더없는 기쁨을 누림으로써, 자신들의 노고와 성공에 대한 막대한 보상을 받았다.

절제와 정의로 자신을 다스리고 나라를 통치했으며, 이를 기쁨으로 여길 수 있었던 황제들은 평소 검소한 생활을 지켜나갔고, 지혜로운 사람들을 옆에 두며 함께 소통하고 높은 수준의 문화를 교류하였다. 그들은 가신이나 저질스러운 문화를 철저하게 멀리하며 자신과 나라를 미덕으로 지켜내려 하였다. 그러나 이런 황제들도 오랜 기간 황제의 자리를 지키지 못한 경우가 많았다.

　「로마제국 쇠망사」를 보면 개인이나 나라를 어떻게 지켜나가야 할지 그 길이 보인다.

오늘이
제일 행복한 날

올바른 생각을 하는 모든 사람의 목표는
군중으로부터 자신을 떼어내,
자신의 재능이 허락하는 어떤 방법으로든 '튀는' 것이다.

— 알랭 드 보통, **불안**

사람들은 내일을 위해 아주 열심히 오늘을 산다. 지금 이 순간의 행복은 사치라도 되는 것처럼 먼 미래에 다가올 행복을 아주 융성하게 맞이할 대단한 각오를 하면서 말이다.

　내가 있는 이곳이 행복하지 않는데 과연 다가올 미래는 행복할까? 힘들고 불확실한 미래를 생각하면 삶은 더 불안하고 초조하며 다른 이들보다 발 빠르게 움직이면서 살아가게 된다.

　또 우리는 타인의 시선을 필요 이상으로 신경 쓰면서 살다 보니 정작 자신이 살고자 하는 방식이 아니라 남 보기에 좋은 삶을 선택하는 경우가 발생한다. 개개인의 삶은 본인의 몫이지 가족이나 친구가 나눠 가지고 싶다고 해서 나눠 가질 수 있는 것도 아니고 남이 대신 살아주지도 않는다.

　그래서 난 작은 것에도 감사하고 늘 오늘을 소중히 하면서 살고자 노력한다. 변함없이 이 마음과 생각을 유지하기는 쉽지 않지만 그래도 '매일 이렇게 살다 보면 나다운 삶을 가꾸며 살고 있지 않을까?'라는 생각을 하면서 말이다.

내가 생각하는 행복이란 많은 것을 가지고 성공을 이루어야만 느낄 수 있는 것이 아니라고 생각한다. 행복은 아주 사소한 것에서도 느낄 수 있다. 예를 들면 건강하게 사는 것, 가족이 한자리에 앉아 도란도란 얘기하는 시간, 길가에 핀 아주 작은 꽃을 보면서 행복하다.

하지만 사람들은 대기업에 취업하고 사업에 성공하고 좋은 대학에 들어가기만 하면 꽃길을 걸을 것처럼 착각하고 전투적으로 살아가는 이유는 뭘까? 아마도 타인이 우리를 바라보는 시선에 신경을 쓰면서 살아가기에 자신을 더 혹독하게 몰아가는 것은 아닐까?

길을 가다 흔하게 볼 수 있는 네 잎 클로버의 뜻이 '행운'이라면 세 잎 클로버는 '행복'이다. 사람들은 물론 나도 포함되겠지만, 행운을 찾기 위해 행복을 짓밟고 열심히 행운을 찾기도 한다.

어리석은 삶을 살지 않으려면 먼저 자신을 공정하고, 가치 있고, 행복한 사람이 되도록 해야겠고, 남의 시선에 흔들리고 상처받지 않도록 비장하게 무장할 필요성을 느낀다.

알랭 드 보통은 "다른 사람이 우리를 바라보는 방식이 우리가 자신을 바라보는 방식을 결정하게 된다."고 말한다.

이상적인 세계에서라면 이렇게 남들의 반응에 좌우되지는 않을 것이다.

스스로 자신을 공정하게 평가하고 자신의 가치를 판단하여, 다른 사람이 우리가 못났다고 넌지시 암시한다 해도 상처받지 않을 것이다. 그러나 현실에서 우리는 나라는 사람에 대하여 아주 다양한 의견을 가지고 있다. 내가 똑똑하다는 증거도 댈 수 있고 바보라는 증거도 댈 수 있으며, 익살맞다는 증거도 댈 수 있고 따분하다는 증거도 댈 수 있으며, 중요한 인물이라는 증거도 댈 수 있고, 있으나 마나 한 존재라는 증거도 댈 수 있다. 우리의 '에고'나 자아상은 바람이 새는 풍선과 같아, 늘 외부의 사랑이라는 헬륨을 집어넣어 주어야 하고, 무시라는 아주 작은 바늘에 취약하기 짝이 없다.

남들은 나의 인생을 결코 대신 살아주지 않는다. 다만 조력자의 역할을 할 뿐이다. 그 사람의 조언을 받아들일 것인지 아닌지를 결정하는 것도 나의 자유 의지고 그로 인한 결과 또한 나의 몫이다. 사람이 살다 보면 다른 사람의 말을 완전히 무시하면서 살 수는 없다. 그러나 우리는 다른 사람의 반응과 말에 너무 신경을 쓴다. 나에게 악의를 가지고 한 말이 아닐 때도 혼자서 온갖 상상을 하면서 그들의 존중과 인정에 목말라 한다. 나 또한 그랬고 지금도 그런 경향이 있다. 툭 던진 아무 의미 없는 말에 혼자서 끙끙거리다 작은 우물에서 아주 큰 바다를 이룰 만큼 혼자서 생각의 늪에서 허우적거린다.

이 세상에서 제일 소중하고 하나밖에 없는 나 자신을 제일 많이 괴롭히고 힘들게 한 사람은 다른 사람이 아니라 자신일 때가 많다. 소중한 나이니만큼 더 사랑하고 아껴야 함을 알기에 다른 사람의 소중함도 절로 알게 될 때도 있다.

「불안」을 읽으면서 부나 명예보다 더 가치 있는 것은 죽음 앞에서도 당당하게 "이 세상 참 잘 살았다."라고 말할 수 있는 삶이라고 생각하게 되었다. 매 순간의 소중함을 알고 시간과 죽음을 바라보는 관점을 달리할 수 있는 글이 있어 옮겨 본다.

"시간의 아편에는 해독제가 없다.(중략) 세대가 흘러도 나무들 몇 그루는 그대로 서 있다. 그러나 유서 깊은 집안이라 해도 떡갈나무 세 그루만큼도 오래가지 못한다."

죽음이 가장 잔인한 교훈을 가르쳐주는 사람들은 세속적인 것들 때문에 신으로부터 가장 멀리 있는 사람들, 즉 부유하고, 아름답고, 유명하고, 권세 있는 사람들이기 때문이다.

자만심이나 다른 사람의 아첨이 우리가 보통 수준 이상의 존재라고 교활하게 소곤거려도 무덤은 그 반질거리는 얼굴에 담긴 아부를 반박하며 솔직한 진실로 우리가 누구인지 알려준다.

나의 역사는 자신만이 기록할 수 있는 특허를 가진 만큼 당당하게, 자신 있게, 멋있게 살고 싶다. 그래서 도전하는 마음으로 이 책을 읽고 내가 생각하는 것을 글로 표현하는 것에 동참하게 되었다. 쉬운 일이 아니라고 느끼지만 조심스럽게 써 보려 한다.

사람으로 태어나 잘 살고 싶은 것은 누구나 가지는 소망이 아닐까? 물질적이든, 정신적이든 그래서 더 나은 미래를 위해 높은 지위나 부, 명성, 영향력을 꿈꾸는지도 모른다. 아리스토텔레스가 살았던 그 시대에 그가 한 말이다.

"어떤 사람들은 날 때부터 자유롭고 어떤 사람들은 날 때부터 노예이며, 날 때부터 노예인 사람들에게는 노예제도가 편리하고 정당하다."

그 시대의 노예로 태어난 사람들은 과연 삶에 불만이나 불안이 없었을까? 아니 있어도 생명에 위협을 받으니 표현하고 싶어도 할 수가 없었을 것이다. 신분의 벽을 넘는 것은 낙타가 바늘구멍을 통과하는 것만큼이나 어려웠을 것이다. 그리스 로마시대의 사상가와 지도자들의 생각에 반대하며 '사람은 누구나 귀한 존재다.'라고 말해주고 싶다. 기독교 저술가 솔즈베리 존은 사회의 질서를 신체에 비유하여 이렇게 말한다.

통치자는 머리이고, 의회는 심장이며, 법원은 허리이고, 관리와 판사는 눈, 귀, 혀이며, 재무 담당자들은 배와 내장이고, 군대는 손이며, 농민과 노동자는 발이다. 이 이미지에 따르면 사회의 모든 사람에게는 바꿀 수 없는 역할이 할당되어 있으며, 농민이 영주의 저택에 살면서 정부의 일에 대해 발언을 하는 것은 발가락이 눈이 되겠다고 하는 것만큼이나 해괴망측한 일이었다.

"날 때부터 노예인 사람에게 노예제도가 더 편리하고 정당하다."는 말은 '날 때부터 자유로운 사람들'의 입장에서 한 말이다.

과연 노예로 태어나고 싶은 사람이 몇이나 될까? 로마제국 말기에는 사람들이 자신이 받는 불평등한 대접을 자연 질서의 한 부분으로 받아들이도록 가르치는 종교의 영향을 크게 받았다. 그 대표적인 종교가 기독교로 그리스도의 평등주의적 원리에도 불구하고, 종교를 내세워 자신의 힘을 기르고 권력에 순응하도록 만드는 데 열중하였다.

사람의 사회적 지위를 인간의 가치와 동일시하고 권력이나 지위만으로 사람을 평가하는 것이 속물의 독특한 특징이라고 한다. 지금도 이런 사회 분위기가 많다고 느끼며 나에게도 속물근성이 있음을 알아차린다. 유능한 아첨꾼은 못 되어도, 유명세를 치르는 사람이 조금이라도 나와 관련이 있으면 이를 과시하려 한다. 언제가 될지는 모르지만, 그 사람의 도움을 받고자 하는 마음이 내면에 깔려있기 때문이다. 속물근성의 어원을 보니 부끄러운 생각이 든다.

'속물근성'이란 영국에서 1820년대에 처음으로 사용되었고 처음에는 높은 지위를 갖지 못한 사람을 가리키다 근대적인 의미, 즉 거의 정반대의 의미를 가지게 되면서 상대방에게 높은 지위가 없으면 불쾌해 하는 사람을 가리키게 된다.

1892년 (펀치)에 실린 만화에서 봄날 아침에 하이드 파크를 걷던 딸은 어머니에게 소리친다. "우리와 사귀고 싶어 죽을 지경이라는 이야기를 들었는데, 부르는 게 좋을까요?

"안 되지, 얘야." 어머니가 대답한다. "우리를 사귀고 싶어 죽을 지경인 사람들은 우리가 사귈 만한 사람들이 아니야. 우리가 사귈 만한 사람들은 오직 우리와 사귀고 싶어 하지 않는 사람들 뿐이란다!"

드라마의 주인공들이 극적인 반전을 꿈꾸며 배신과 성공만을 위해 주변 사람을 외면하는 장면과 유사하다. 소수가 누리는 특권을 동경하고 꿈꾸는 모습에서 '우리와 사귀고 싶어 하지 않는 사람들'에 속하고자 애쓰는 걸 보면 안타까운 마음이 들면서도 이해가 된다. 언제나 그 결말은 인과응보의 쓴맛을 보여주면서 우리에게 그냥 평범하게 살라는 암시를 던지지만 그래도 끊임없이 반복하는 것이 인간의 모습이다.

이처럼 사람들이 속물이라는 말을 들으면서까지 부와 자신의 성공만을 꿈꾸는 것은 눈앞의 것만 보기 때문이다. 다른 사람은 다 보는 것을 혼자만 못 보고 자신을 위험으로 몰아간다. 부와 성공을 이루기만 하면 모든 것이 저절로 갖춰질 것이라는 착각을 하면서 말이다. 부와 성공이 곧 행복과 관계된 모든 자물쇠를 여는 만능열쇠라고 막연히 믿고 있다.

그러나 현실은 그렇지 않다. 1830년대 어린 미국이 그러했듯이 많은 미국인이 많은 것을 소유했지만 계속 더 많은 것을 요구하면서 자신에게 없는 것을 가진 사람을 보고 괴로워했다고 한다. 나라가 부강해지고 개인의 삶이 풍족해져도 인간은 만족을 모르고 또 다른 욕구를 찾는다.

부는 절대적인 것이 아니라 욕망에 따라 달라지는 상대적인 것이다. 우리가 얻을 수 없는 뭔가를 가지려 할 때 우리는 가진 재산과 관계없이 가난해지고, 우리가 가진 것에 만족할 때 우리는 실제로 소유한 것이 적더라도 부자가 된다.

불평한다고 지금 내가 처한 현실이 순식간에 원하는 대로 바뀐다면 모를까 그렇지 않다면 당장 불평하는 일을 그만두어야 한다. 불평보다는 자신의 능력을 최대한 발휘할 수 있는 것을 찾아서 살아야 한다. 으리으리한 집, 고가의 자동차, 가전제품에 눈길이 안 가는 것은 아니지만, 속물로 살고 싶지는 않다.

자신을 위한 노력, 즉 이기심을 채우다 보면 자신도 모르는 사이에 다른 사람을 이롭게 한다는 것이 애덤 스미스의 생각이다.

"그들은 이기심과 탐욕을 타고났지만, 그들은 오직 자신의 편리만 추구하지만, 그들이 고용하는 사람들의 노동으로부터 그들이 유일하게 원하는 것은 자신의 무한한 욕망의 만족뿐이지만, 결국 부자들은 모든 개선의 산물을 빈자들과 나누어 가진다. 그들은 보이지 않는 손에 이끌려 마치 땅을 모든 사람이 균등하게 나누어 가지기라도 한 것처럼 생활필수품을 고르게 분배하며, 그 결과 의도와 관계없이, 자신도 모르는 사이에 사회의 이익을 증진하고 종의 증식 수단을 제공한다."

욕망의 추구, 이기심이 나쁘지 않다는 스미스의 말은 사람들이 마음 놓고 부를 추구하도록 만들었다. 그러다 보니 이제는 돈이 사람보다 더 중요한 세상이 되었다. 사람보다 돈이 우선인 세상으로 변하는 것을 우려한 마르크스는 이렇게 말한다.

피고용자들에게 지급되는 임금은 "바퀴가 계속 굴러가게 하기 위해 치는 기름과 같다. 노동의 진정한 목적은 이제 인간이 아니라 돈이다."

돈의 가치가 올라갈수록 사람들은 수단과 방법 가리지 않고 돈을 좇게 된다. 인간의 존엄성은 더 위축되고 설 자리가 줄어든다. 젊은 이들이 대기업을 선호하고 좋은 대학을 가려고 기를 쓰는 것 또한 그 밑바탕에는 돈이 숨어있다. 어떤 이들은 꿈을 실현한다고도 하고, 목표를 달성한다고 말하지만 결국은 부의 축적이다. 물론 이렇게 자신의 꿈을 실현하는 이들을 보면 부럽기도 하고 그들처럼 살고 싶은 생각도 든다.

돈이면 무슨 짓이든 하는 사람들이 뉴스에 나올 때면 화가 나고, 돈의 희생양이 된 사람들을 안타까워하면서 자신의 일상에 감사하는 마음도 가진다. 그러나 일상적인 생활이 반복되면 무디어진 칼날처럼 또 무감각해지고 불행은 나와는 무관한 일로 생각하며 돈을 좇느라 바쁜 자신을 발견한다.

살아갈 날이 얼마 안 남은 사람에게 시간과 부는 어떤 의미로 다가 갈까? 둘 중 하나를 선택할 수 있다면 무엇을 선택할까? 곧 죽어도 난 부자로 살겠다는 사람도 분명히 있을 것이고, 아니야 시간이 허락 한다면 금보다 더 귀한 대접을 하면서 시간을 알차게 보내겠다는 이도 있을 것이다.

죽음은 누구에게나 평등하다. 높은 지위와 부를 가졌든, 가난하든, 남녀노소, 인종을 막론하고 생명을 가진 것은 반드시 맞이해야 할 일이다. 그러니 누구도 죽음 앞에서 자유롭지 못하다. 삶이 소중하지 않을 수 없다.

또 죽음을 대하는 생각도 달라 아무 희망도 품을 수 없는 '마침표' 로 보기도 하고, 새로운 시작으로 보기도 한다. 불교의 '윤회설'처럼 모습은 바뀌어도 정신은 지속되는 것이라고 볼 때 나에게 주어진 삶을 잘 가꾸며 살아야 함을 인식하고 지금까지와는 다른 방식으로 살아가려고 한다.

주변의 작고 하찮은 것, 그렇지만 소중한 것에 더 자주 눈길을 보내 고, 이익이나 성공에 도움이 될 만한 사람보다는 지금의 나를 있는 그대로 인정해주는 사람들과 가까이하고 싶다. 죽음을 앞에 둔 인간 임을 늘 자각하며 성공을 위해 근본적인 일을 계속 미루며 사는 태도 또한 고쳐야 한다.

크세르크세스는 100년이 흐르면 자기 앞에 있는 모든 사람, 세상 을 공포에 떨게 했던 자신의 병사들 모두가 죽을 것을 알아차렸다고 한다.

우리는 살아가는 방법을 알고 살아가는 것도 아니며, 자신과 다른 사람들에 대한 이해 또한 대단히 제한적이라 우리의 행동이 얼마나 엄청난 파멸을 불러올지 알 수도 없다. 우리 잘못에 대한 공동체의 반응이 지나치게 무자비함에 두려워하고, 슬퍼하면서도 이기적으로 살아간다.

그래서 비극 작품은 재앙을 피하는 우리의 능력을 과대평가하지 말라고 가르치며, 동시에 재앙을 만난 사람들에게 공감하도록 우리를 인도한다.

우리 자신의 내부에도 최악의 측면과 최선의 측면을 아울러 인간 조건 전체가 담겨 있으며, 따라서 적당한, 아니 엉뚱한 상황이 닥치면 우리 역시 무슨 짓이든 저지를 수 있다는 것이다.

모든 사람이 자신의 명예, 성공, 부를 위해서 살아가지는 않는다. 삶을 즐길 줄도 알고 물질이 아닌 정신을 더 풍요롭게 하며 살아가는 사람도 있다. 성공의 의미는 무엇이며, 어떤 사람을 성공한 사람이라 정의할까?

인종이나 성별을 따지지 않고 상업적인 세계 (예술, 과학, 스포츠) 등 한 분야에서 유산이 아닌 순수 자신의 노력으로 돈이나 권력, 명성을 축적한 사람을 성공한 사람이라고 부른다.

어느 한 분야만이라도 노력해서, 빛을 발한다면 성공이다. 그러나 사람들은 어느 분야가 자신의 것인지 몰라 헤매기도 하고, 자신의 재능을 발견해서 그 분야의 거목이 되기도 한다. 이렇듯 다양한 방식으로 살아가는데 과연 누가 행복의 기준을 정할 수 있을까?

철학자들은 남들이 보는 눈으로 우리를 보려고 하지 않고 모욕은 근거가 있든 없든 수치를 주지 못한다고 말한다.

"자연은 나에게 '가난해지지 말라'고 말하지 않았다. 또 '부자가 되라'고 말하지도 않았다. 자연은 나에게 '독립적으로 살라'고 간청할 뿐이다."

"나를 부유하게 하는 것은 사회에서 내가 차지하는 자리가 아니라 나의 판단이다. 판단은 내가 가지고 다닐 수 있다. 판단만이 나의 것이며, 누구도 나에게서 떼어낼 수 없다."

철학적인 접근방법의 장점은 어떤 이의 비난이나 반대에도 상처받지 않고 왜 그가 그렇게 행동하는지 그 행동이 정당한지를 검토하고 우리가 우리 자신에 대해 알려고 한다는 것이다. 이렇게 삶을 바라보면 나의 주변에 있는 모든 것에 대해 감사하는 마음이 생긴다. 가족에 대한 사랑과 자연에 대한 고마움, 우주의 아름다움, 다른 사람들에 대한 호기심이 생긴다.

죽어서 마침내 고통에서 자유로워질 때까지는 그 누구도 행복하다 생각하지 마라

내가 이 땅에서 살아갈 날이 길지 않음을 생각하면 하루하루가 너무나 소중하다. 인생을 불안으로 허비하거나 욕망을 다른 욕망으

로 대체하느라 바쁜 시간을 보내는 어리석음도 눈에 보인다. 선망을 멈추지 못한다면, 엉뚱한 것을 선망하느라 우리 삶의 얼마나 많은 시간을 허비하며 살게 될지 알 수 없다.

지위에 대한 우리의 생각도 천 년의 관점에서 바라본다면 우리 자신의 미미함도 보이고 마음의 평정을 얻을 수 있을 것이다. 아무리 힘센 인간이라도 거대한 자연에 비하면 너무나 작은 존재임을 안다. 아주 큰 자연을 보면 두 사람 사이의 차이는 우스울 정도로 작아 보이는 것이다.

너무 많은 것을 소유하고 누리려다 보니 욕심과 이기심이 생겨 인생의 절반 이상을 부의 축적에 낭비한다. 죽음 앞에서 후회하지 말고 공평하게 주어진 삶에 충실하면서 행복을 누리고 싶다.

행복의 가치는 다른 사람에 의해 결정되는 것이 아니라 오직 본인만이 결정하고 선택할 수 있다. 자연이 주는 모든 선물을 누릴 수 있어 감사하고, 소중한 사람들이 주변에 많아서 나는 행복한 사람이다. 그래서 나에게 허락된 오늘이 제일 행복한 날이다.

아직
끝나지 않은 아픔

나라는 멸할 수가 있으나 역사는 멸할 수가 없다고 하였으니
그것은 나라는 형체이고 역사는 정신이기 때문이다.
이제 한국의 형체는 허물어졌으나
정신은 홀로 존재할 수 없는 것인가?

– 박은식, **한국통사**

역사를 안다는 것은 무엇일까? 우리는 정말 우리나라 역사에 대해 얼마나 제대로 알고 있나? 교과서에서 배운 게 과연 다 인가? 역사의 사전적 의미는 인류 사회의 발전과 관련된 의미 있는 과거 사실들에 대한 인식. 또는 그 기록이라고들 한다. 또는 '역사는 미래를 비추는 거울'이라는 표현을 사용하기도 한다.

　한국의 아픈 역사를 기록한 「한국통사」는 마음이 불편하고 힘들고 화가 나고 우리는 왜 지금도 역사를 바로 세우지 못해서 이러고 있나 하는 자괴감이 들게 하는 책이었다. 책장은 쉽게 넘어가지만, 내용은 너무 아파 읽기가 힘든 책이었다. 우리나라 근현대사는 너무 아픈 역사다. 그러나 힘들고 아프다고 덮을 수는 없었다. 민족혼을 불러일으킨 현대의 고전이라 불리는 박은식 선생의 「한국통사」는 올해 인문고전 책 중 가장 얇은 책이었지만 내가 느낀 감정은 그 어떤 책보다고 깊고 두터웠다.

　단재 신채호 선생은 "역사를 잊은 민족에게 미래는 없다."라는 말을 하며 역사 교육의 중요성을 강조했었다. 그것은 역사를 통해 같은 아픔이나 실수를 반복하지 않고 더 나은 미래를 열어가기 위해서이지 않을까 한다. 그러나 우리는 과연 올바른 역사를 배우기는 한 걸까? 그리고 역사를 안다고 해서 우리는 무슨 행동을 하고 있나? 그냥 시험 과목 중 하나라로 배우고 있지는 않았나? 과연 역사를 바로 알아서 지금의 현실에 반영되었나? 역사를 바로 세우긴 했을까?

역사를 승자의 이야기라고 한다. 승자가 패자의 이야기를 좋게 할 리가 없다. 자기들의 승리에 명분이 필요하니 빼앗긴 사람들의 역사는 누가 알아봐 주고 기억해 줄까?

나라는 멸할 수가 있으나 역사는 멸할 수가 없다고 하였으니 그것은 나라는 형체이고 역사는 정신이기 때문이다. 이제 한국의 형체는 허물어졌으나 정신은 홀로 존재할 수 없는 것인가?

땅과 주권을 빼앗긴 우리 민족이 놓치지 않았던 것은 아마 그 정신이지 않았을까? 우리 민족은 강한 민족이다. 반만년의 역사 속에서 외세에 침입을 931번이나 받았다고 한다. 그 많은 외침 속에서 단 한 번도 뺏기지 않았던 주권을 일본강점기 때 빼앗겼다. 10대 소녀까지 독립운동에 나서고 전국적으로 퍼질 기미가 보이자 일본은 한민족의 정신까지도 없애기 위해 민족말살 정책을 펼친다. 일제는 1937년 중국에 대한 전면적인 침략을 개시하여 전쟁을 확대하면서 조선에 대한 말살정책을 본격화하기 시작했다. 중일전쟁부터 제2차 세계대전까지의 전시에 국가총동원을 비롯한 여러 가지 비상조치가 일본

국내에서 행해졌는데, 식민지인 한국에서는 더욱 심하게 자행되었다.

일제는 이 시기에 이른바 내선일체라는 구호를 내걸고 민족말살정책을 감행했다. 이미 일제는 조선을 합병한 후 점차 조선에서 일본어교육을 해나갔으며, 모든 민족적인 문화 활동을 금지하고 자신들의 언어교육을 강요함으로써 민족성을 말살하려고 하였다.

이러한 탄압이 전시에 더욱 강화되어 1938년 이후 부분적으로나마 시행되던 조선어 교육마저 폐지하고, 일본어의 사용을 강제해 어린 초등학교(당시의 국민 학교) 학생마저 조선어를 사용하면 벌을 주는 등 언어말살을 꾀했다. 이와 함께 〈동아일보〉, 〈조선일보〉 등 한글로 발간되는 신문과 〈문장〉 등의 한글로 된 잡지를 전면 폐간시켰으며, '조선어학회' 사건을 조작해 조선어학회 간부들을 모두 잡아들였다.

이 밖에도 황국신민화 정책을 실시해 황국신민의 서사제창, 신사참배 등을 강요했다. 이 정책은 조선인에게 대일본제국의 신민이 될 것과 더 나아가 일본 덴노에 대한 충성을 강요하는 것이었다. 이에 따라 조선인에게도 황국신민의 의무라는 징병·징용 등을 강제했는데, 그 반면 교육기관의 확충, 정치적 권리의 확대 등은 외면함으로써 내선일체·황국신민화의 허구성을 드러냈다.

이 같은 일본의 조선민족에 대한 말살정책은 그들이 도발한 침략전쟁이 수세에 몰리게 되자 극도로 심해져 창씨개명까지도 강요했다. 창씨개명은 조선 사람의 성과 이름을 일본식으로 바꾸어 부르게 하는 것이었다. 창씨개명을 하지 않으면 각급 학교에 입학이 허가되지 않았고, 각 행정관청에서 사무취급이 거부되었으며, 더 나아가 식량과 그 밖의 다른 물자를 배급받을 수 없었고, 조선식 성명으로

우송된 화물의 수송이 전면 금지되는 등 일상생활 전반에 걸쳐 극심한 탄압을 가했다.

우리가 알고 있는 윤동주 시인도 개인의 공부를 위해 일본 유학길에 오르기 위해 창씨개명을 했다고 한다. 하지만 윤동주 시인은 유학생활 중 본인의 상황에 대해 부끄러움을 느끼게 된다. 이 시기에 쓴 시의 내용을 보면 거울을 통해 본인을 보면서 부끄러워하고 미안해하는 내용이 많이 나온다. 이러한 내용을 바탕으로 작년에 〈동주〉라는 영화가 만들어지기도 하였고 한 예능에서 윤동주 시인을 다룬 이야기로 노래를 만들어 인기를 끌기도 하였다.

솔직히 난 일제강점기를 다룬 소설이나 영화를 마음 편히 본 적이 없다. 울분에 차거나 울거나 가슴이 답답한 기분에 찾아서 보지 않는다. 하지만 아이들한테는 권한다. 애들 앞에 두고 일본을 대놓고 욕하지 않으려고 애쓰고 노력 중이다. "일본 정부는 마음에 들지 않으나 국민 개개인을 미워하진 않는다."고 이야기한다. 아이들이 책이나 영화나 소설 등으로 접하는 식민지 시대에 대해 제대로 본인이 받아들여 본인 스스로 결정해야 한다고 생각했기 때문이다. 정치도 마찬가지다. 어느 날 아이가 나와 비슷한 말들을 하기 시작했다. 정부에 대해 비난과 비판을 하는 걸 보면서 내가 애 앞에서 너무 했구나 싶었다. 요즘은 애들 앞에서는 이야기를 조심하게 된다. 내 생각으로 아이를 몰고 가지 말아야지 마음을 먹게 된다. 가족들과 정치 이야기하면 좋겠지만 아직은 남편하고만 해야겠다는 생각이 들었다.

박은식 선생이 지금의 우리나라의 상황을 본다면 통곡을 하실 거란 생각이 든다. 비단 박은식 선생뿐만 아니라 한국의 독립을 위해 목숨을 바치신 수많은 독립운동가와 그 가족들, 그리고 핍박받았던 우리 대한민국의 민초들을 볼 면목이 없어지는 상황들이다.

한국 역사서를 저술하거나 가르치는 사람들은 정말 우리나라 사람이 맞을까? 이런 의문들은 학교에 다닐 때는 알려고도 하지 않았고 의심도 하지 않았다. 그냥 수업을 듣고 교과서 내용을 다 맞는 거라는 아주 단순한 생각들을 했다. 나이가 들어 대도시 지하철역에서 본 우리나라 역사의 한 부분은 정말 충격 그 자체였다. 자리를 떠나지 못하고 한동안 서서 사진들을 하나하나 가슴에 새겼다. 그 후 우리의 지금 역사 교과서가 일제 강점기 때 일본에서 공부하고 온 교수들이 집필하고 그 제자들이 계속 이어가고 있다는 소식은 충격 그 자체였다. 왜 우리나라는 친일청산을 제대로 하지 못해 이러고 있는지 화가 났다. 우리나라 역사를 제대로 공부하고 싶어 역사학과를 진학한 지인은 지금은 많이 나아졌다고도 한다. 하지만 그 지인도 역시나 한계에 부딪혀 전혀 다른 일을 하고 있다. 학계에 진출하려면 인맥을 타야 한다고 했다. 그 인맥들이 본인이 생각했던 방향이 아니었다고 했다. 이렇게 짧게 이야기해도 아마 다 알 거라 생각한다. 일부 학자들은 '일제강점기가 있어서 우리나라가 근대화될 수 있었다. 우리 국민은 일본국민들한테 열등감이 있다. 우리 국민의 냄비근성이 있는 민족이다. 김구는 테러리스트다.' 이런 이야기를 아무렇지 않게 하고 그 재단이 후원하는 국회의원들도 똑같은 소리를 하며 그것이 아니라고 주장하는 사람들에게 종북 이라는 이름을 씌워 빨갱이라 치부하고 욕한다. 누가 빨갱이일까? 북한을 끊임없이 이야기하며 안보를 담보로 국민을 위협하는 사람들이야말로 진짜 빨갱이고, 일본 앞잡이라고 생각한다. 나는 작금의 모든 상황이 모두 친일청산을 제대로 하지 못했기 때문이라 생각한다. 그런 의미에서 통탄을 금치 못할 자료 하나를 소개한다.

● 한국 전쟁 발발 시 남·북의 전쟁지도부 편성

구분		직 책	계급	성명	나이	전 경력
한국군		총 참모장	소장	채**	35	일본군 소령
		제1사단장	대령	백**	30	만주군 중위
		제7사단장	준장	유**	29	일본군 대위
		제6사단장	대령	김**	29	일본군 소위
		제8사단장	대령	이**	28	중국군 소령
		제2사단장	준장	이**	30	일본군 대위
		제5사단장	소장	이**	59	일본군 대령
		제3사단장	대령	유**	60	일본군 대령
		수도경비 사단장	대령	이**	34	일본군 소령
		독립 제17연대장	대령	백**	28	일본군 소위
북한군		총 참모장	중장	남*	36	소련군 대위
	전선사령부	사령관	대장	김*	47	소련군 중령
		참모장	중장	강*	32	항일투쟁. 김일성유격대
	제1군단	군단장	중장	김*		중국 팔로군 연대장
		제1사단장	소장	최*	32	소련군 중위
		제1사단장	소장	이**		소련군대위
		제1사단장	소장	이**	36	항일투쟁. 김일성유격대
		제1사단장	소장	방**	34	항일투쟁. 김일성유격대
		105전차 사단장	소장	유**	35	항일투쟁. 김일성유격대
		38경비 3여단장	소장	오**	39	항일투쟁. 김일성유격대
		*제10사단장	소장	이**		중국 팔로군
		*제13사단장	소장	최**	39	소련군 대위
	제2군단	군단장	중장	김**	35	중국 팔로군
		제2사단장	소장	이**		소련군 특무장
		제5사단장	소장	마**		중국 팔로군
		제12사단장	소장	최*		중국 팔로군
		766부대장	총좌	오**	34	항일투쟁. 김일성유격대
		*제15사단장	소장	박**	38	항일투쟁. 김일성유격대

* 자료출처 : 「한국전쟁 초기작전 연구」 국방부 군사편찬연구소

위의 표를 보면 어떤 생각이 드는가? 남한 주요 지휘부가 한 사람을 빼고는 전부 일본군 장교 출신들이다. 반면 북한군 장교는 한명도 일본군 출신이 없다. 북한은 항일투쟁한 사람들을 주요 지휘부에 앉혔다. 남한도 저런 지휘부를 가졌어야 하지 않았을까. 북한이 전쟁을 일으킨 것이 잘했다는 건 아니다. 하지만 북한이 잘한 한 가지는 친일 청산이라고 생각한다.

친일했던 사람들은 또 다른 전공을 쌓아서 더 높은 지위와 권력을 누리게 되었다는 건 이 글을 보는 모든 사람이 느낄 것이다.

친일했던 사람들로 채워진 남한의 수뇌부는 후선에 있으면서 국민에게는 "항전하라! 국군이 잘 싸우고 있다." 선동하면서 한강다리를 폭파하여 국민들의 피난길을 막았다.

국민을 생각한다면 할 수 없는 행동이다. 그런 사람을 우리가 믿고 따를 수 있을까? 우리가 겪었던 많은 권력자들은 국민보다도 자신을 포함한 가족들을 먼저 생각하는 이들이었다. 우리의 아픈 역사는 여전히 진행 중이다. 근대사뿐 아니라 해방 이후, 지금까지도 우리는 아픈 역사를 치유하지 못하고 그 아픔을 고스란히 견뎌내고 있다. 언제까지 이 아픔을 견뎌내야 할 것인가?

박은식은 우리 민족의 두 가지 병통을 말한다.

한 가지는 게으르고 느려 용감하게 나아가고 분투하는 기백이 없고, 일체 사업에 대하여 성사되기 어려울 것을 겁내어 감히 산을 옮길 계책을 실행으로 옮기지 못하는 것이요, 다른 하나는 방정맞고 조급하며, 들뜨고 경솔하여 침착하고 온화

한 굳센 힘이 없어, 망령되이 허영만을 사모하고(과보처럼) 해만 쫓아가는 것이다.

두 가지 병통을 고쳐야만 앞으로 나아갈 희망이 있다고 했다. 이렇게 직설적인 표현에 정신이 번쩍 났다. 많이 들어 본 표현이었다. 뉴라이트 학자들이 우리 민족을 깎아내릴 때 사용하던 내용이다.

박은식 선생은 이러한 점을 반성하고 앞으로 나아가자고 하는데 친일파들은 일본이 우리나라를 계몽시켜준 것이라 말한다. 뉴라이트 (NEW RIGHT) 신우익이라 일컫는 이들은 경제적으로는 신자유주의를 표방하며, 역사적으로는 식민사관을 정당화하고, 사회적으로는 사회진화론을 주장한다. 결과적으로 기존의 진보와 기존의 보수가 가진 이념의 극단적 대립 자체를 극복의 대상으로 삼고, 실용적인 노선으로 이를 극복하고자 하는 자세를 표방하고 있다. 이들은 기존 보수와 진보진영에서 독재자라고 배척했던 이승만을 국부로 추앙하는 등 새로운 국가주의적 정통성을 주장하면서, 헌법에도 명문화되어 있는 임시정부의 정통성마저도 무력화하려는 시도를 보인다. 거기에 더불어 건국절이라는 표현을 사용하고 그렇게 만들려고 했다.

2008년 뉴라이트 전국연합은 친일인명사전편찬위원회와 민족문제연구소가 발표한 〈친일인명사전〉에 반대의 견해를 보였고, 뉴라이트 교과서 포럼 등을 통해 교과서 제작에 진출하기도 했다. 2015년 불거진 국사 교과서 논란에서는 국정화를 적극 지지하는 태도를 보였다. 뉴라이트 전국연합, 자유주의연대, 교과서포럼, 북한민주화네트워크, 시민과 함께하는 변호사들, 자유주의교육운동연합, 뉴라이트 네트워크 등의 단체가 활동하고 있다.

식민사관을 정당화하는 저들이 과연 우리 민족일까? 그들은 정·재계뿐만 아니라 학계에까지 뿌리 깊이 박혀 나라의 정통성을 부정하고 일본의 식민지화를 정당화하려고 한다. 내 아이들이 이런 교과서로 교육받았을 수도 있었다는 사실을 생각하면 기가 막힌다.

그러면서 아직 우리나라는 일본의 그늘에서 벗어나지 못했다는 생각을 지울 수가 없다. 만일 독재가 없었다면 아니 이승만이 아니라 김구 선생이 나라를 이끌었다면 우리나라가 이 지경까지는 가지 않았을 거다. 국정교과서는 무조건 폐기되어야 한다.

두 가지 병통을 고쳐야만 앞으로 나아갈 희망이 있다고 했다. 이렇게 직설적인 표현에 정신이 번쩍 났다. 많이 들어 본 표현이었다. 뉴라이트 학자들이 우리 민족을 깎아내릴 때 사용하던 내용이다.

박은식 선생은 이러한 점을 반성하고 앞으로 나아가자고 하는데 친일파들은 일본이 우리나라를 계몽시켜준 것이라 말한다. 뉴라이트(NEW RIGHT) 신우익이라 일컫는 이들은 경제적으로는 신자유주의를 표방하며, 역사적으로는 식민사관을 정당화하고, 사회적으로는 사회진화론을 주장한다. 결과적으로 기존의 진보와 기존의 보수가 가진 이념의 극단적 대립 자체를 극복의 대상으로 삼고, 실용적인 노선으로 이를 극복하고자 하는 자세를 표방하고 있다. 이들은 기존 보수와 진보진영에서 독재자라고 배척했던 이승만을 국부로 추앙하는 등 새로운 국가주의적 정통성을 주장하면서, 헌법에도 명문화되어 있는 임시정부의 정통성마저도 무력화하려는 시도를 보인다. 거기에 더불어 건국절이라는 표현을 사용하고 그렇게 만들려고 했다.

2008년 뉴라이트 전국연합은 친일인명사전편찬위원회와 민족문제연구소가 발표한 〈친일인명사전〉에 반대의 견해를 보였고, 뉴라이트 교과서 포럼 등을 통해 교과서 제작에 진출하기도 했다. 2015년 불거진 국사 교과서 논란에서는 국정화를 적극 지지하는 태도를 보였다. 뉴라이트 전국연합, 자유주의연대, 교과서포럼, 북한민주화네트워크, 시민과 함께하는 변호사들, 자유주의교육운동연합, 뉴라이트 네트워크 등의 단체가 활동하고 있다.

식민사관을 정당화하는 저들이 과연 우리 민족일까? 그들은 정·재계뿐만 아니라 학계에까지 뿌리 깊이 박혀 나라의 정통성을 부정하고 일본의 식민지화를 정당화하려고 한다. 내 아이들이 이런 교과서로 교육받았을 수도 있었다는 사실을 생각하면 기가 막힌다. 아직도 우리나라는 일본의 그늘에서 벗어나지 못했다는 생각을 지울 수가 없다.

친일인명사전에 대해서 뉴라이트 학자들과 친일파들의 후손들은 반대한다. 어떤 정당은 국회의원 전원이 반대표를 던지기도 했다. 나라와 국민을 팔아서 사익을 채운 사람들의 기록인 친일인명사전에 반대하는 이유는 무엇일까? 독립 운동가들을 밀고하고 앞장서서 어린 소녀들을 신고하여 팔아먹고, 그 돈으로 그 권력을 등에 업고 대를 이어 부를 누리고 있다. 그들을 친일인명사전에 올리고 그 재산을 국고로 환수하자는 사업에 반대하고 있다.

부끄러워서 그런 거라면 사람들 볼 면목이 없어서 그런 거라면 이해해 볼 수도 있다. 하지만 지금까지 쌓아왔던 재산과 권력을 내려놔야 할까 봐 반대하고 있는 것이다. 우리나라 기득권이라 불리는 세력들 중 많은 사람들이 친일파들이다. 그들은 친일로 쌓은 부와 권력을 이용하여 정치, 경제, 언론 등 권력의 정점에 올라 광복 이후에도 계속 영광을 누렸다. 이제 국민은 그들의 정당하지 못한 권력과 부를 돌려받고자 한다. 친일파의 후손들은 오랫동안 바로잡지 못했던 것을 바로잡는 일에 당연히 동참해야 할 것이다.

국민 대다수가 이해할 수 없었던 위안부 합의도 마찬가지다. 당사자들이 받아들일 수도 없고 이해하지도 못하는 위안부 합의문은 누구를 위한 것인가? 고령의 할머니들은 더 이상 세월을 견디지 못해 운명을 달리하고 있다. 2017년 8월 30일 기준 35명의 생존자가 남아 있다고 한다. 더 늦기 전에 일본의 진정성 있는 사과를 받아야 하지 않겠는가?

일본은 과거를 반성하지 않는다. 전 정권들이 했던 사과도 없었던 일로 만들고 위안부 강제노동을 자발적인 생산 활동으로 간주하고 있다. 진정성 있는 사과는커녕 사실조차 바로 보지 않는다.

일본이 항상 이야기하는 위안부 배상금을 지급했으니 더는 책임이 없다는 주장의 근거라고 내세우는 한일협정에 대해 알아보자.

박정희 정부는 집권 초부터 일본과의 국교정상화에 강한 의욕을 보였다. 일본을 중심으로 하는 지역통합전략을 추구한 미국의 강력한 권유도 있었지만, 무엇보다도 제1차 5개년 계획에 필요한 자금을 일본에서 확보하려는 기대에서였다. 협상 결과 일본 정부는 한국 정부에 경제협력자금의 명분으로 무이자 3억 달러와 유이자 2억 달러의 공공차관을 제공하는 데 합의했으며, 이외에 상업차관 3억 달러를 주선하기로 약속했다. 합해서 8억 달러의 경제협력기금은 1964년 전체 수출액이 1억 1,900만 달러에 불과했던 한국 경제에 적지 않은 도움이 되는 액수였다. 그러나 협상 내용이 알려지자 야당과 대학가에서는 굴욕적인 외교라고 크게 반발했다.

1965년 6월 일본과의 국교정상화를 위한 한일협정(韓日協定)이 마침내 조인되었으며, 그해 8월 국회를 통과했다. 일본과의 국교 정상화에는 개발자금의 애로를 타개하는 것 이상의 의의가 있었다. 회담의 타결은 개발자금의 소요 외자 조달을 가능하게 했을 뿐만 아니라한 걸음 나아가 한·미·일 3국을 묶는 이른바 '태평양 성장의 트라이앵글 구조'를 가져올 수 있게 했다는 것이다. 그리하여 한국 경제는 일본 시장에서 중간재와 부품을 수입하여 국내의 값싼 고급 노동력으로 가공, 조립하여 미국 시장에 수출하는 생산 및 시장의 국제적연관을 확보하게 된 것이다.

하지만 한일협정으로 배상금을 준 것이 아닌 차관 개념으로 우리나라에 빌려준 것이다. 그러니 배상이라 말할 수 없다.

우리 정부에서 10억 엔을 받아서 할머니들한테 나눠주고 사과는받을 필요 없다고 한 것이 바로 한일 위안부 합의문이다. 할머니들이받아들일 수 있을까?

소녀상 앞에서는 여전히 수요 집회가 열리고 할머니들은 또 하루하루를 힘들게 견딘다. 많은 시민과 대학생들이 소녀상과 할머니를지키며 힘을 보태고 있다. 그러나 정부는 소녀상을 지키는 시민들과대학생들을 연행해가고 고소·고발 하고 있다. 국민은 나라가 지켜줘야 한다. 국민이 없다면 나라도 없다. 정부가 바뀐 지금은 위안부합의는 당사자인 할머니들이 받아들일 수 없다는 태도를 일본에 표명한 것으로 알고 있다. 확실한 사과를 꼭 받아내기를 빌어본다.

이 책 중 가장 감명 깊었던 부분을 소개해볼까 한다. 박은식 선생은 안중근 의사에 대해 전기문 수준의 글을 보여준다. 박은식 선생이 안중근 의사 전기도 쓰시기도 하셨지만, 지문의 많은 부분을 안중근의 일대기에 할애하고 있다.

안중근 의사가 이토를 저격 살해함

기유년(1909년) 6월, 마침내 의기(義旗)를 들고 러시아령 수도를 거쳐 두만강을 건너 경흥군에 들어왔다. 여기서 일본인을 습격하여 교전 3차에 적 50여 명을 사살하였다. 이어서 회령군에 있는 일본 병영을 습격하였다. 이에 일본인은 각지에 급전(急電)을 보냈는데 주둔병이 모두 5천에 이르고 포격이 더욱 맹렬해졌다. 안중근은 직접 충돌하여 한나절 도안 격전을 벌였으나 대부분 원도가 끊어지고 탄환이 떨어지자 마침내 패하여 흩어졌다. 안중근을 따르는 사람은 두 명뿐이었다. 길이 몹시 험하고 구름과 안개까지 낀 어두운 상황에서 추격하는 일본 병으로 말미암아 급박해졌다. 이에 모두 숲 속에 엎드렸다가 밤을 이용하여 산길을 걸었다. 5일 동안이나 굶어 따르는 사람들도 몹시 피로해서 사색(死色)이 되었으나 안중근은 의기가 태연자약했다. 마침내 살아서 러시아령에 들어가 다시 동지를 규합하여 다음 일을 도모하자 사람들은 이것을 보고 그의 용기에 더욱 감복하였다.

이때 와서 이토가 만주를 시찰한다는 소식을 듣고 생기가 돌면서 말하길 "이는 천재일우(千載一遇)의 좋은 기회다"라고 하고, 마침내 동지 우덕순(禹德淳)·유동하(劉東夏)·조도선(曹道先) 세 명과 함께 관성자(寬成子)에 도착해서 이토가 올 시기를 탐지하여 기다렸다가 공격하고자 하였다. 그러나 어느 곳에서 그와 서로 만나는지를 알지 못해서 우덕순과 조도선 2명은 그대로 관성자에 남아서 묵고 다음 날 이른 아침 러시아 철도국에서 보낸 특별 열차편으로 상오 9시에 하얼빈역에 도착하였다. 러시아 경호병 수천 명과 각국 영사단 및 관광객들이 빽빽하게 줄을 섰고 군악이 울려 퍼지고 화포(花砲)가 경쟁을 하듯 발사되었다.

이토가 하차하여 러시아 대신과 악수를 하며 군대의 경례를 받고 서서히 걸어서 각국 영사들이 있는 곳으로 다가갔다. 안중근은 양복 속에 감춰 둔 권총을 꺼내 러시아군 배후에 서서 엿보다가 거리가 10보쯤 되었을 때 돌입하여 제1탄을 발사하여 이토의 가슴을 적중시켰다. 총포소리가 요란하여 군인들은 깨닫지 못하였다. 제2탄이 발사하여 늑부를 명중시키니 군인·경찰과 환영단이 그때서야 깨닫고 겁을 집어먹고 도망쳤다. 제3탄이 복부에 적중하여 이토가 땅에 엎어지자 다시 일본 총영사 가와카미(川上)와 비서관 모리(森), 철도총재 다나카(田中) 세 사람을 향하여 발사하여 모두 쓰러뜨렸다.

권총 여섯 발이 연거푸 적중하는 예는 일찍이 없었던 일로, 이는 안중근이 담력과 용기, 그리고 사격술이 세상에서 뛰어났기 때문이다. 수천 명의 군대가 모두 흩어져 도망치며 감히 다가서지 못하다가 탄환이 떨어져서 총성이 멈추자 그때서야 각 군인들이 모여들어 안중근의 총을 빼앗아 헌병대에 넘겨주었다. 안중근은 즉시 라틴어로 "대한독립 만세"를 삼창하였다. 안중근은 결박을 당하면서 박장대소하되, "내가 어찌 도망칠 것인가. 내가 도망치겠다고 마음먹었다면 내가 사지(死地)에 들어오지 않았을 것이다."라 하였다. 러시아인 사진사는 안중근이 이토를 저격 살해하는 장면을 활동사진에 촬영하여 세계에 공급하니 일본인도 6천금을 내고 구입해 갔다.

안중근은 붙잡혀서 여순 감옥에 이르렀는데 쇠줄로 결박하여 학대가 심하였다. 안중근이 질책하여 말하길 "나는 대한국의 의병장으로 너희 나라 대관과 같이 대접하여야 하거늘 어찌 이같이 야만스럽고 모질다는 말인가?" 하였다. 일본인 검사가 매일 감옥에 들어가 위세로 굴복시키려고 화를 내며 엄하게 심문하며 때려죽일 것같이 하였으나, 안중근은 조금도 흔들리지 않고 항변하기를 더욱 엄하게 하였다. 검사는 그를 강제로 굴복하기는 어렵다는 것을 깨닫고 마침내 결박을 풀어 주었으며, 한국말을 하는 사람을 시켜서 날마다 감언이설로 꾀며 좋은 음식과 지필(紙筆), 서적 등을 보내 주며 그의 비위를 맞추었다.

박은식은 지사로서의 안중근, 의사로서의 안중근보다는 동양 평화를 몸으로 실천했던 사상가로서의 안중근에 초점을 맞추고 있다.

이 책을 읽는 동안 가장 기분 좋고 뿌듯했던 장이기도 하다. 대한제국의 마지막을 보는 것은 참으로 가슴 아팠다. 나라가 망해가는 걸 견디지 못하고 자결하는 사람이 부지기수에 전국 곳곳에서 의병을 일으켜 독립운동을 했던 우리의 선조들의 이야기들 중 그나마 시원함을 느꼈던 부분이었다. 안중근을 이야기하면 마음에 불길이 일고 가슴이 뜨거워지는 무엇이 있다. 떳떳함과 의연함, 수감 중 보여준 높은 학식, 국제법에 정통한 지식의 탁월함, 재판에 임하는 대한제국 국민으로서의 자부심 등 너무나도 자랑스러운 우리의 선조이다. 안중근을 키운 어머니 조마리아 여사의 편지글은 감동과 눈물을 흘리게 만든다.

네가 어미보다 먼저 죽는 것을 불효라고 생각하면 어미는 웃음거리가 될 것이다. 너의 죽음은 너 한 사람 것이 아니라, 조선인 전체의 공분을 짊어진 것이다. 네가 항소를 한다면 그건 일제에 목숨을 구걸하는 것이다.
네가 나라를 위해 이에 딴 맘먹지 말고 죽으라. 옳은 일을 하고 받은 형이니 비겁하게 삶을 구걸하지 말고 대의에 죽는 것이 어미에 대한 효도다.
아마도 이 어미가 쓰는 마지막 편지가 될 것이다. 너의 수의를 지어 보내니 이 옷을 입고 가거라. 어미는 현세에 재회하길 기대하지 않으니 다음 세상에는 선량한 천부의 아들이 되어 이 세상에 나오너라.
아들아 옥중의 아들아
목숨이 경각인 아들아.

칼이든 총이든 당당히 받아라.

이 어미는 밤새 네 수의 지으며 결코 울지 않았다. 사나이 세상에 태어나 조국을 위해 싸우다 죽는 것, 그보다 더한 영광 없을 지어니 비굴치 말고 왜놈 순사를 호형하며 생을 마감하라.

하늘님 거기 계셔 내 아들 거두고 이 늙은 어미 뒤 쫓는 날, 빛 찾은 조국의 푸른 하늘 푸는 새 되어 다시 만나자.

아들아 옥중의 아들아

목숨이 경각인 아들아

아! 나의 사랑하는 아들 중근아

-조마리아 여사 편지-

아들을 향해 '그냥 죽어라.' 말할 수 있는 어머니가 얼마나 될까? 그 마음을 어찌 다 헤아릴 수 있을까? 아이가 손만 베어도 얼른 연고랑 반창고를 찾는 나로서는 감히 흉내도 못 낼 일이다.

내 자식이 독립운동 한다고 집을 나가서 식솔들을 돌보지도 못하고 자기 목숨 내놓고 저런 일을 한다고 한다면 솔직히 자신 없다. 아마 말리지 않았을까? 좀 안전한 후방에서 지원하라고 설득했을지도 모르겠다. 편지는 저렇게 의연하게 썼지만, 마음은 얼마나 아팠을까. 사실 이 편지는 텔레비전 예능에서 한국사 강의 중 나온 것을 너무 감명 받아 그 후 인터넷에서 찾아 노트에 적어 둔 것이다. 사실은 편지를 써서 보내준 것이 아니라 인편에 전한 말을 글로 옮겨 둔 것이라고 한다.

지금까지 나는 우리나라 역사상 존경하는 인물로 항상 이순신 장군을 꼽았다. 이순신의 생애에 관심을 가지고 알아보거나 특별히 연구를 해서가 아니라 그냥 별 생각 없이 여러 번 듣다보니 정해진 순위였다. 하지만 학교를 벗어나 성인이 된 후 역사에 관심을 갖게 되면서 이순신 장군을 더 존경하게 되었고, 더불어 우리나라 독립을 위해 싸운 독립투사들, 민주주의를 위해 목숨을 바친 애국지사들도 존경하게 되었다.

안중근 의사를 비롯한 모든 애국지사들이 바라는 대한민국은 어떤 모습일까? 그들은 지금도 눈을 감지 못한채, 역사의 아픈 상처를 치유하고, 정당하지 못한 것들을 바로잡는 날이 오기를 고대하고 있을 것이다.

역사가 바로 서야 나라가 바로 선다.

우리가 어떤 글
자를 배운이상
최고의 작품들
을 읽어야 할
것이다.

단테와 함께하는
신곡여행

너의 별을 따라가거라!
행복하게 살아 있는 동안 내가 널 정확히 본 거라면,
넌 영광의 하늘에 닿을 것이다.

– 단테 알리기에리, **신곡**

단테 하면 떠오르는 단어가 신곡이다. '단테=신곡'은 대한민국 사람 대부분에게 통하는 일종의 공식으로 자리 잡고 있지만 읽는 이는 드물다. 인문학 동아리의 장점은 이렇게 누구나 안다고 생각하지만, 사실은 모른다는 사실을 자각하게 만들어 책을 펼치게 하는 것이다. 읽고 함께 나누는 과정을 거치면 나는 이제는 이름만 아는 무리에서 벗어나고, 아는 사람이 된다는 사실이 너무나 흐뭇한 것이다.

　신곡은 지옥편, 연옥편, 천국편으로 구성되어 있다. 단테가 스승인 베르길리우스의 안내를 받으며 험난한 지옥을 지나고, 또한 연옥을 거친 후 베아트리체의 인도로 천국에 이르는 여정을 이야기한다.

　각 권에서 가장 인상 깊었던 구절들에 관해 이야기 하고자 한다.

뭔가를 하겠다고 하다가
이내 의지를 버리고 매 순간 생각을
바꾸는 사람이라도 된 양

먼저 지옥편에는 스승인 베르길리우스의 안내를 따라 지옥을 둘러보고 있는 단테의 모습이 생생하게 그려진다. 그가 험난한 여행을 떠나기 전 마치 그가 겪어야 할 끔찍한 과정을 알고 있는 것처럼 망설이는 모습을 보인다. 그의 이러한 모습은 우리가 많은 일을 시작하기 전에 망설이는 모습과 하나 다를 것이 없다. 굳은 마음을 가지지 못하고 바람결에 흔들리는 마음을 가질 때 우리는 지옥의 상태를 경험하는 것이 아닐까.

저자는 세상에서 거만했던 사람이었지.
일생 동안 누구도 자기를 따뜻하게 대해 준 기억이 없어서
그의 그림자가 이렇게 사납게 구는 거란다.

살다 보면 꼭 그럴 것 같지 않은 상황에서 의외의 모습을 보여주는 사람들이 있다. 그런 사람이나 상황을 만났을 때 지금의 모습에서는 이해하기 어렵지만, 그 사람의 보이지 않는 과거 상처가 만들어 낸 모습일 수도 있음을 생각하게 한다. 이런 생각은 내 마음이 그로 인해 다치지 않고 상대방을 미워하지 않게 만들 뿐만 아니라 이해의 폭이 넓게 해준다.

"너의 별을 따라가거라!
행복하게 살아 있는 동안 내가 널 정확히 본 거라면,
넌 영광의 하늘에 닿을 것이다.

이 부분은 단테가 자신의 힘에 겨운 지옥을 여행하면서 자기는

천국에 닿는 여정을 어렵지만 해낼 수 있다는 스스로에 대한 믿음을 보여준다. 어려움에 직면한 사람에게 필요한 것은 이처럼 용기를 주는 말이다.

살면서 지나간 시간을 돌이켜보면 그 힘들었던 시절을 어떻게 보냈지? 라는 생각이 든다. 힘들다! 힘들다! 하면서도 지나간 시절 말이다. 당시엔 끝나지 않을 것 같은 시간이었으나 지나고 보면 마치 나를 인도해 준 어떤 별이 있었던 것 같다. 단테도 이러한 행복한 자기암시를 통한 의지 기르기를 한 것이 아니었을까 짐작해본다.

추위로 양쪽 귀를 잃은 다른
영혼 하나가 얼굴을 숙인 채 말했다.
"왜 그렇게 우릴 거울 보듯 보느냐?"

단테를 따라 마음 졸이며 지옥을 지나다가 거울이라는 말에 화들짝 놀라 멈추었다. 거울 속의 모습은 언제나 자신의 모습이다. 지옥은 미래의 거울 속 모습이 아닌가? 지옥의 고통을 당하는 영혼이 "네가 살고 있는 세상은 나보다 나으냐? 너는 나보다 훌륭한 삶을 영위하고 있느냐?"라고 묻고 있었다. 지옥의 고통을 당하지 않으려면 미리미리 절제된 삶을 살라고 경고를 보내고 있었다.

단테가 묘사하는 지옥은 9개의 고리로 되어있고 저마다의 죄에 따라 경중이 다른 벌을 받고 있다. 단테는 알고 있는 많은 사람을 만나 궁금한 것들을 묻기도 하고, 너무나 끔찍하여 외면하는 모습도 보인다. 과거에 훌륭한 삶을 살았으나 세례를 받지 못하여 기다리고 있는 이들도 지옥에 있다. 기독교에 대한 그 시대 사람들의 생각을 잘 알 수 있는 부분이다. 벌을 받는 모습이 너무나 다양하여 상상할 수 있는 지옥의 모습을 모두 볼 수 있다. 가장 큰 죄인이 배신자 유다인 것을 보면 당시의 종교나 권력에 대한 배신이 어떻게 여겨졌는지 짐작해 볼 수 있다.

이런 9개의 고리로 된 지옥을 지나 이제 단테는 연옥으로 오른다. 당시의 기독교인 카톨릭에서는 연옥의 개념이 존재하지만, 현재 기독교인 개신교에서는 천국과 지옥은 있으나 연옥의 개념은 존재하지 않는다고 한다.

아, 그 통로는 지옥의 그것과 얼마나 달랐던가!
저 아래에서는 끔찍한 통곡 소리와 함께 들어갔지만,
이곳에서는 노래와 함께 들어간다.

연옥의 묘사는 지옥과 비교하면 훨씬 부드럽다. 그러나 단테가 만나는 인물들은 여전히 완전한 축복을 받지는 못하고 있고 어떻게 해서든 천국에 오르기를 갈구한다.

저 위에서 사랑을 지닌 영혼들이 많을수록
사랑의 가치도 더하며 사랑은 더 자라나니
모든 영혼은 거울처럼 서로 사랑을 주고받는단다.

단테의 희곡에서는 저 위라고 표현하지만, 일상생활 속에서는 자신을 둘러싼 여러 인물이라고 할 수 있을 것 같다. 그들 가운데 사랑을 지닌 자가 많으면 자신도 거울처럼 비추어 더 큰 사랑의 모습을 보이게 되고 미움이나 증오의 모습까지도 학습을 통해 더 커지게 된다. 자신이 미워하는 사람들 속에 살면서 그들을 사랑하지 않고 미워하는 마음을 지니게 되면 결국 자신까지 더 악한 사람이 되어버리므로 그렇게 이야기하는 것으로 생각한다.

　사람들은 그릇된 것과 옳은 것을 구분하는
　스스로의 빛을 지니고 있소.
　인간들은 더 위대한 힘을 가진 자유로운 주체들이오.

　단테는 하늘이 사람들의 모든 것을 주관하지는 않는다고 이야기하면서 인간에게는 자유의지라는 것이 있다고 이야기한다. 그러면서 세상의 어지러움을 인간 개개인의 책임으로 돌리기도 한다. 신에 복종하면서도 인간의 고유한 영역을 인정하기도 하는 태도를 취하고 있다. 종교에 모든 것의 원인을 돌리고자 할 때보다 인간들은 스스로에 대해 좀 더 책임을 져야 하는 것이다.
　베르길리우스가 이끌던 연옥편을 지나 천국편에 이르면 이제 단테의 지고지순한 사랑을 받았던 베아트리체가 나머지 여정을 이끌게 된다.

　그 외부에 있는 어떤 선이라도
　그 빛의 반사일 뿐이기에
　그 본질은 단연 두드러지는 것입니다.

천국의 모습과 창조주의 모습으로 가장 많이 묘사되는 것이 바로 빛이다. 그 빛이 따로 존재하는 것이 아니라 우리가 가진 영혼들의 합인 것도 같고 우린 정말 그 빛의 어마어마하게 작은 조각인 것도 같다. 창조주에 대한 수백 년 전의 상상이나 최첨단 과학의 시대를 살고 있는 나의 상상이 거의 유사하다는 점이 재미있고 무엇이 우리가 그렇게 상상하도록 했는지 새삼 궁금해지기도 한다.

나의 여인은 계속 말을 이었다.
"그대가 이해하고 싶다면 내 말을 잘 듣고
지혜를 가다듬으세요."

여러 가지를 궁금해하는 단테의 질문에 베아트리체는 말한다. 그녀는 단테가 자신의 말을 잘 듣고 지혜롭게 되기를 소망하는 것 같다. 그러나 내가 생각하기에 단테의 질문에 대한 대답들은 직접적인 말에서만 오는 것이 아니라 많은 책에서 혹은 단테가 부딪히게 되는 상황들 속에서 이런저런 모습으로 올 수 있고 그 와중에 어떻게 행동해야 할 것인가를 판단해야 하는 지혜가 필요한 것으로 생각한다.
단테의 신곡은 책을 읽는 내내, 정말 인간이 죽으면 이렇게 분리된 세 개의 세상으로 가게 되는 걸까? 라는 생각과 사람이 죽고 나서 이 세 곳을 거치는 것이 아니라 우리 삶이 이 세 개의 면을 다 포함하고 있는 건 아닐까? 라는 생각을 하였다. 베르길리우스와 베아트리체와 함께했던 여행을 마무리하면서 내 삶에서 지옥과 연옥 그리고 천국은 어떤 부분, 어느 순간인지 잘 성찰해 보아야겠다.

자유를 위한
욕심 다스리기

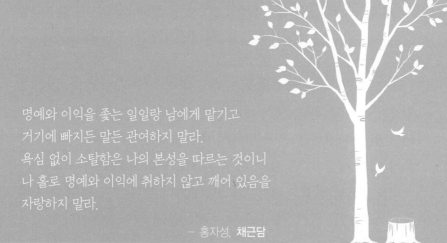

명예와 이익을 좇는 일일랑 남에게 맡기고
거기에 빠지든 말든 관여하지 말라.
욕심 없이 소탈함은 나의 본성을 따르는 것이니
나 홀로 명예와 이익에 취하지 않고 깨어 있음을
자랑하지 말라.

– 홍자성, **채근담**

나는 이 책을 손에 잡자마자 책의 제목이 왜 채근담 인지 너무 궁금했다. 고맙게도 첫 장에 잘 설명되어 있었다.

　채근이란 말이 자기 자신을 수양하고 나물 뿌리를 먹듯 담담하고 평범한 것을 즐거이 여기고 부귀공명 등을 탐하지 않으면 원만하게 세상만사를 잘 처리할 수 있고, 고해라고 하는 인간의 삶을 편안하게 영위할 수 있다.

　채근담이란 나물 뿌리를 먹듯 가난하고 소박한 이야기일 거라고 짐작하고 한 줄 한 줄 읽어 내려갔다. 400여 년 전 중국 명나라 말기의 문인 홍자성이란 분이 나에게 주는 교훈은 무엇일까? 나는 이 책의 어떤 내용을 내 삶의 한 부분으로 받아들일까?
　책을 읽으면서 쉽고 편안하게 인간관계에 대해, 자연에 대해 지혜롭게 사는 법을 알려주는 내용에 젖어들었다. 크게 새롭거나 놀랍거나 한 이야기는 아니었다.

그런데 자꾸만 고개가 끄덕여진다. "맞아, 그렇지! 내가 잊고 있었네." 이런 감탄사가 자꾸만 마음 깊은 곳에서 올라오는 책이다.

많은 내용이 유명 강사의 강의에서 들어본 것 같고, 또 몇몇 내용은 다른 인문학 도서에서 읽으며 형광펜으로 진하게 밑줄을 그어 본 적이 있는 내용 같았다. 어떤 내용은 논어에서, 어떤 내용은 성경에서, 친숙하고 편한 필체로 인생의 답을 화려한 미사여구 없이 간단히 표현해 준 고마운 책이다.

명예와 이익을 좇는 일일랑 남에게 맡기고 거기에 빠지든 말든 관여하지 말라. 욕심 없이 소탈함은 나의 본성을 따르는 것이니 나 홀로 명예와 이익에 취하지 않고 깨어 있음을 자랑하지 말라.

이것이 바로 부처가 말한 "일체의 사물과 도리에 얽매이지 않고 허무의 이치에도 얽매이지 않는 것"이요 몸과 마음이 자유로운 것이다.

인간의 욕구 중에 중요한 욕구 중 자유의 욕구가 있는데 자유란 무엇일까?

사전적 의미는 '외부적인 구속이나 무엇에 얽매이지 아니하고 자기 마음대로 할 수 있는 상태. 법률의 범위 안에서 남에게 구속되지 아니하고 자기 마음대로 하는 행위'이다

나는 내가 자유로운 사람이라고 생각했는데 막상 자유라는 단어를 깊이 생각해 보니 나 스스로 구속 된 모습으로 살아왔음을 알게 되었다.

영유아기를 거치면서 서서히 사회의 일원으로 교육을 받기 시작하면서 자유가 점점 줄어들었다. 학교에 다니면서 학교의 규칙을 지키

고, 직장을 가지면서 직장 안에서 정해진 규칙을 지키고, 결혼하면서 가정을 위해 나의 시간과 노력을 들이면서 점점 자유가 줄어들었다는 생각이 든다.

자유가 줄어든 이유는 무엇일까? 사회적 규범을 지키면서, 내가 나의 테두리를 만들고 그 안에 나를 가둔 것이다.

학생은 마땅히 이래야 하고, 친구는 마땅히 이래야 하고, 엄마는 마땅히……. 사회가 요구하는 인간상을 모델로 해서 친절한 사람, 착한 사람이 되어야 함을 스스로 세뇌한 것이다. 좋은 사람, 착한 사람으로 인정받고 싶은 욕심이 있었기 때문이다. 이 책을 읽는 동안 몸과 마음이 자유롭고 편안하게 살고 싶다는 생각이 들었다.

자유롭게 살려면 나를 묶고 있는 보이지 않는 끈은 무엇인지 생각해 보았다.

타인의 시선에서 자유로워지고 싶다.

살다 보니 다양하고 많은 사람과 관계를 맺고 산다. 불특정 다수인 그들에게 좋은 사람이라고 인정받기 위해서 애쓰는 내 모습에 나도 깜짝 놀랄 때가 있다. 남의 시선은 참 대단한 의미이다. 그들의 눈에 비친 내 모습이 나보다 더 높은 수준으로 보이려고 시간과 노력과 비용이 많이 드는 일을 버거워하면서 해내고 있다.

예를 들면 이런 것들이다. 아들 유치원 입학 후 공개 수업에 참관하러 오라는 통신문을 받았다. 다음 날 바로 나는 피부과에 가서 관리와 시술을 받고 옷을 새로 샀다. 내가 만혼이라서 다른 학부형 엄마들보다 나이 많이 들어 보일 거로 생각했기 때문이다. 한 시간 남짓 아이의 학습태도와 반 분위기를 보러 가는데 나는 며칠의 시간과 수십만 원의 비용을 지불했다. 지금 생각하면 참 후회스럽고 부끄럽다. 그렇게 내가 애쓰고 노력한다고 해서 사람 관계란 것이 늘 좋은 것도 아니다. 본의 아니게 문제가 생기고, 마음이 많이 쓰이고 상대방의 말 한마디와 찰나의 표정에 민감하게 반응했던 때가 있었다. 나를 좋게 봐 주면 고맙고 감사하지만 그렇지 않다고 해서 내가 가서 나를 변호할 수도 없고 그 타인을 설득할 수도 없다. 그 사람은 그 사람의 스타일대로 나를 바라보고 판단한 것이니 할 수 없지 않은가? 객관적으로 볼 때 나도 그리 칭찬받을 만한 모범적인 부분도 없지 않은가? 이 세상엔 두 종류의 사람이 있다고 한다. 들킨 죄인과 안 들킨 죄인! 맞는 말이다

다른 사람의 시선에서 조금 자유롭기로 하고 가족, 오랜 벗, 가까운 지인 등 지금까지의 인맥만으로도 나는 충분하다. 더 이상의 인맥을 만들지 않고 편하게 지내기로 했다. 새로운 사람들을 만나 잘 보이려고 애를 쓰지 않아도 되고, 나의 편한 모습을 그대로 보여줘도 부담 없는 사람들을 만나는 게 참 좋다.

나는 더 많은 사람과 새로운 관계를 맺고 잘 지내기엔 에너지가 부족함을 깨닫게 되었다.

소유관계에서 자유로워지고 싶다.

청소년기에 아버지의 보증으로 경제적 어려움을 겪으면서 소유의

욕구가 컸었다. 운전면허를 따자마자 바로 몇 십만 원 하는 낡은 중고차를 샀다. 30대 초반에 작고 낡은 주택도 가져 보았다. 물론 가격으로 따지면 보잘것없지만 소유하고 싶었다. 내용보다는 소유에 의미를 둔 것이었다.

그러나 그 소유의 기쁨과 함께 관리의 노력도 만만치 않았다.

중고차는 사들인 지 6개월도 채 안 돼서 바로 폐차를 해야 했다.

너무 고장이 잦아서 초보인 내가 운전하면서 여러 번 위험한 상황을 맞았기 때문이다. 집도 마찬가지였다. 누수로 고생하고 여기저기 수리하면서 늘 하자로 비용과 노력이 많이 들었다. 지금은 내 소유의 집도 차도 없다. 집은 결혼하면서 정리를 했고, 최근에는 타던 차를 팔았다. 차는 일주일에 한 번 정도 사용하는데 부대 비용과 관리에 드는 노력이 아깝다는 생각이 들었다. 지금은 대중교통을 자주 이용하는데 자유롭고 편하다는 것을 깨닫게 되었다.

내가 정한 틀에서 자유로워지고 싶다.

나는 10대엔 공부 잘하고, 20대엔 직업과 결혼을 하고, 30대엔 아이를 잘 양육하고, 40대엔 경제적 안정으로 넓은 집을 가지고, 50대엔 여행으로 시간을 보내고 싶은 희망이 있었다.

그런데 지나고 보니 10대엔 그리 공부도 잘하지 못했고, 20대엔 내 일을 하느라고 바빠서 30대 후반에 결혼하고, 늦은 나이에 아이를 얻었다. 내가 세운 계획에 맞게 된 것이 별로 없다. 나름대로 열심히 바르게 살려고 노력하고 애써서 크게 굴곡이 있거나 어려움은 없었지만, 내가 정한 틀 안에서 초조하고 힘들었던 것 같다.

남들보다 느리면 어떻게 하지?

남들보다 가난하면 어떻게 하지?

늘 남들과 비교하면서 초조하게 내가 만든 틀 안에 하나하나 체크하면서 살았던 것 같다. 이제 나는 50대의 시작이다.

다른 사람들을 보기보다 나에게 집중하고 싶다. 내가 하고 싶은 일, 내가 원하는 일을 하면서 재미있게 시간을 보내고 싶다.

자유롭기 위해서 필요한 것이 욕심을 관리하는 것이다. 욕심은 '분수에 넘치게 무엇을 탐내거나 누리고자 하는 마음'이다. 욕심은 필요하다. 욕심이 없이 우리가 살 수 있을까? 어쩌면 욕심 때문에 공부하고 욕심 때문에 일하고 욕심 때문에 성공하고 살아가는 것이 아닐까?

문제는 적정선, 즉 분수를 지키는 것을 잊지 않고 중심을 잡는 것이 제일 중요하다. 나의 분수가 어디까지 인지 잘 모르는 연약한 우리네 삶에서 여기까지가 나의 분수라고 규정하기가 어렵다.

나는 이 책을 읽으면서 숙제를 받았다. 욕심 다스리기이다. 나의 분수를 지키면서 살기 위해 나를 관찰하고 객관화하면서 욕심을 조절하고 분수에 맞게 살아야겠다.

삶은 가진 것에 만족하고 감사하는 것이다.

함께 읽고 인용한 도서

_ 니콜로 마키아벨리(2015), **군주론,** 까치
_ 단테 알리기에리(2013), **신곡,** 민음사
_ 박은식(2012), **한국통사,** 아카넷
_ 알랭 드 보통(2011), **불안,** 은행나무
_ 에드워드 기번(2010), **로마제국쇠망사,** 민음사
_ 애덤 스미스(2017), **국부론,** 비봉출판사
_ 플라톤(2014), **고르기아스 프로타고라스,** 숲
_ 홍자성(2016), **채근담,** 홍익출판사
_ 헤로도토스(2009), **역사,** 숲
_ 헨리 데이빗 소로우(2011), **월든,** 은행나무

저 자 소 개

_ **강재영** 인문학 동행 동아리 회장
_ **김보민** 인문학 동행 동아리 회원
_ **김정미** 인문학 동행 동아리 회원
_ **박은진** 인문학 동행 동아리 회원
_ **오영미** 인문학 동행 동아리 회원
_ **이란숙** 인문학 동행 동아리 회원
_ **유소연** 인문학 동행 동아리 회원
_ **윤정희** 인문학 동행 동아리 회원
_ **전미아** 인문학 동행 동아리 회원

인문학 동행 행복한 수다

인 쇄 일 | 2017년 11월 6일
발 행 일 | 2017년 11월 9일

저   자 | 강재영 김보민 김정미 박은진 오영미
         이란숙 유소연 윤정희 전미아

발 행 인 | 이경희 외 1명
발 행 처 | 동아기획
등록번호 | 등록 제10-가-8호
주   소 | 부산광역시 사하구 낙동대로 536
전   화 | 051)291-7605
팩   스 | 051)294-8500
홈페이지 | http://www.dongapr.com

ISBN   978-89-6192-187-9   03810

정가 10,000원

본 도서는 부산광역시와 (재)부산문화재단의 〈2017년도 독서
인문학 활성화 지원〉 사업비 지원을 받았습니다.